가로수 아래
버스는 서고…

가로수 아래 버스는 서고…

펴 낸 날   2025년 4월 30일

지 은 이   210
펴 낸 이   이기성
기획편집   김정훈, 이지희, 서해주
표지디자인   김정훈
책임마케팅   강보현, 이수영
펴 낸 곳   도서출판 생각나눔
출판등록   제 2018-000288호
주   소   경기도 고양시 덕양구 청초로 66, 덕은리버워크 B동 1708호, 1709호
전   화   02-325-5100
팩   스   02-325-5101
홈페이지   www.생각나눔.kr
이 메 일   bookmain@think-book.com

·책값은 표지 뒷면에 표기되어 있습니다.
  ISBN 979-11-7048-871-2 (03810)

가로수 아래
버스는 서고…

210
지음

누군가가 버스를 타고 떠났다.
원근법의 소실점으로 버스는 사라졌다.

생각나눔

목차

제1부

—

끌림

차에서 내리자마자 아서는 태양을 올려다보았다.

살짝 나무라는 투로 읊조리는 것이었다.

"벌써부터 이렇게 뜨거워서야."

L은 상의를 벗어서 한쪽 팔에 걸쳤다.

"올여름도 엄청 덥겠어."

두 남자는 상가를 바라보며 걸었다.

"봄이 없어져 버렸어."

"그러게 말이야. 겨울 끝나면 여름이야."

조용한 거리였다.

"동네가 참 깨끗하다."

건너편에 초등학교가 있고, 노란 유치원 뒤로는 아파트가 보였다.

저층의 낡은 아파트였다. 오래된 돌담처럼 정감 있게 둘러서 있는 것이다. 뜻밖에 그것은 행인들이 천천히 걸어도 좋을 만큼 넉넉한 그늘을 보도 전체에 드리워주고 있었다.

"여기야."

L이 상가에 있는 중개소를 턱짓으로 가리켰다.

"1호점도 여기에서 잡아줬지."

난초의 넓은 잎사귀가 책상 위에서 갈라지며 연푸르게 늘어졌다.

그 사이로 어른거리는 얼굴은 중년의 여자였다.

그녀는 전화를 받느라 미소만을 보내면서 소파에 앉으라는 손짓을 했다. 통화를 서둘러 마치고는 탁자 맞은편에 와 앉았다.

"부장님은 신수가 더 훤해지신 것 같아요?"

라고 그녀가 너스레를 떨었으나, 놀랍게도 경박해 보이지는 않았다.

L은 호쾌하게 웃으며 맞장구를 쳤다.

"사장님이야말로 더 미인이 되셨는데?"

"빈말인 줄 알지만 기분은 좋네요."

"나는 거짓말 안 한다니깐."

그리고 그가 아서를 소개하기 전, 여사장이 먼저 눈을 돌렸다.

"안녕하세요. 처음 뵙는 분 같은데…."

아서는 가슴의 주머니에 손을 넣었다.

"아, 제가 이 지역은 처음이라. 잘 부탁드립니다."

여사장은 아서의 명함을 받아서 한동안 들여다봤다.

덕분에 아서는 그녀를 찬찬히 살펴볼 수 있었다.

차분한 인상이었다. 짧은 커트 머리가 그녀의 갸름한 얼굴을 둥글게 감쌌으며, 목둘레에는 블라우스의 하얀 깃이 단정한 각도로 세워져 있었다.

"언제든 연락 주세요. 팀장님 분부라면 최우선으로 모실 테니까."

딱 부러지는 어조였다.

어느새 그녀가 고개를 들어서 마주 보고 있는 거였다.

"여긴 작은 도시예요. 제가 다 커버해요. 인터넷을 통해서든."

"시 인구가 30만쯤 되나요?"

"아뇨. 20만이 조금 넘을 거예요."

아서는 그녀의 시선을 피해서 사무실의 통유리를 응시했다.

"서울의 구 하나보다도 작네요."

"그렇죠, 뭐."

아서는 순간적으로 혼란에 빠졌다. 유리에 어린 풍경에서 시간을 느낄 수가 없었기 때문이다. 하등의 움직임이 없었으며, 소리조차 들려오지 않았다. 햇빛은 점착제를 뿌린 것처럼 허공에 그대로 엉겨 붙어 있었으며, 거리의 모든 표면은 유리질의 광택을 바르고서 반짝거렸다.

하지만 곧 행인과 차가 나타나 시야 속으로 들어오면서 시간은 다시 움직이기 시작했다.

"작고 평화로운 도시군요."

"조용히 살기에는 좋아요. 없는 게 많아서 그렇지."

"없는 거라면…."

"서비스 센터라든가 최신 제품이라든가 그런 게 부족하죠."

옆에서 L이 본론을 꺼냈다.

"마땅한 매물이 있어요?"

"많지는 않고, 두세 군데쯤 돼요."

"그럼 매물부터 보러 가지, 뭐."

여사장이 바로 자리에서 일어났다.

"제 차로 모실게요."

아서가 뒤따라 일어났다.

"내 차로 갑시다. 지리를 익혀두려고 그래요."

"그럼 팀장님이 운전하시는 게 낫겠네요."

"남편분이 편찮다고 하시지 않았던가?"

뒷좌석에서 들려온 L의 목소리였다.

중개소 여사장은 조수석에 앉은 채로 대답했다.

"술이 웬수죠, 뭐."

"간경화는 술부터 끊어야 하는데."

"말을 들으면 제 남편이 아니죠."

그때 빵 하는 소리가 들렸다.

아서가 브레이크를 밟았고, 다들 몸이 수그러졌다.

"무슨 일이야?"

여사장이 설명했다.

"옆 차가 갑자기 끼어들었어요."

"뭐야. 지가 잘못해 놓고 경적을 울려?"

L은 앞창 쪽을 기웃대며 눈알을 부라렸다.

"따라잡아! 혼쭐을 내주게!"

"그냥 가요. 요즘은 모른 척해야 오래 살아요."

그리고 여사장은 운전석의 아서를 돌아봤다.

"팀장님은 괜찮으세요?"

"뭐가요."

"방금 차가 끼어든 거…."

"그거야 뭐, 급한 일이 있었나 보죠. 설사가 터져 나오기 직전이라든가, 로또 당첨금 타러 간다든가."

그녀가 입을 가려 웃었다.

"세상 참 편하게 사시는 분이네요."

"화를 내서 뭐합니까. 사고 안 났으면 된 거 아닌가?"

"그렇게 생각하는 게 좋죠. 다행히 추돌도 없었고."

"아 참, 나보다 뒤차가 놀랐겠는걸?"

그리고 아서는 비상등을 켜서 급제동에 대해 뒤차에게 사과했다.

"위치는 괜찮네."

"5분 거리에 시청이 있고, 사무실도 많아요."

두 사람이 얘기하는 사이에 아서는 이리저리 오가며 주변의 사진을
열심히 찍어댔다.

그 모습을 지켜보던 여사장이 다가와 손수건을 건넸다.

"땀 좀 닦으세요."

아서는 손수건을 받으려던 손을 멈췄다.

"아, 손수건 더럽히지 마세요."

엉덩이의 뒷주머니로부터 꼬깃꼬깃한 손수건을 끄집어내서는 이마
와 목덜미를 쓱쓱 문지르는 것이었다.

"나도 있다는 걸 깜빡했네. 건망증이 심해서."

그리고는 해맑게 웃어 보이는 아서였다.

여사장은 가로수 아래로 갔다. 거기서 아서를 손짓해 불렀다.

"여기 그늘로 오세요."

아서는 그녀를 향해 걸어갔다. 그늘로 들어가니 시원했다.

그 도시의 번화가 중 하나로, 넓은 도로에 많은 차가 다녔다. 하지만 실상은 서울의 변두리와 비슷한 수준이었다.

"저기 교차로에는 매물이 나온 게 없습니까?"

"거긴 아직 없어요."

그리고 그녀는 즉시 스마트폰에 메모를 했다.

"제가 계속 모니터링해 볼게요."

"그렇게 해주세요. 아직 말미는 있으니까."

L까지 그늘 속으로 들어왔다.

"어떻게 생각해?"

"유동 인구가 좀 아쉬워."

"이 정도면 됐지 않아?"

"정확한 분석을 해봐야겠지만, 이 시각에 이 정도면 좀 그래."

"그럼 두 번째 매물을 보러 가자고."

귀갓길에 아서는 학원에 들러서 첫째를 태웠다.

"잘 돼가십니까, 아드님?"

뒷좌석으로부터 대답이 없었다.

룸미러로 훔쳐보니 아이는 팔짱을 낀 채로 시무룩이 수그러진 얼굴이었다. 속상한 일이 있을 때마다 나오는 자세였다.

"학원에서 시험 봤냐?"

"…"

"안전벨트부터 매고."

그제야 아들은 주섬주섬 벨트를 매면서 입을 열었다.

"수학은 포기할래."

"뭐?"

"점수가 안 나와. 공부해도 안 된단 말이야."

"이제 중학생인데 포기하기는 이르지 않나?"

"잘하는 애들은 벌써부터 고등학교 문제를 푼단 말이야."

"무서운 애들이구면."

자식은 두꺼운 문제집 같았다. 해답이 없는 문제들로 가득 찬. 그렇다고 덮어버릴 수도 없는.

"수학 공부할 시간에 다른 과목 할 거야."

"수학에서 빵점 맞으면?"

"다른 데서 올리면 돼."

생각이 많은 아이였다. 그 점이 걱정이기도 했다. 할 일을 알아서 하는 대견함이 있지만, 쉽게 낙심하고 불안해하는 것이다.

"엄마랑 얘기해 볼게."

아내에게 책임이 있다고 생각했다. 아내의 방식이 부정적인 영향을 끼쳤다고 말이다. 하지만 아내의 육아에 간섭하고 싶진 않았다.

"네 엄마가 책임자니까."

차를 멈추고 아서는 창밖을 응시했다.

밤거리는 꿈결처럼 몽롱했다. 사람들이 유령처럼 흘러갔다. 시선을 올려서 여전히 빨간불인 것을 확인하고, 아서는 계속 몽상에 잠겼다.

피곤한 하루였다. 그래도 별다른 일이 없었다는 점에서 만족스러웠다. 영원히 오늘만 같으면 좋겠다고 생각했다. 특별히 좋아지거나 나빠질 것도 없고, 큰 문제 없는 아내와 아이들이 있고, 일하면 먹고살 수 있는 직장이 있는 현재의 상태 그대로 말이다.

지금보다 나아지지 않아도 좋으니 대신에 지금보다 나빠지지만 않게 해달라고 신에게 기도하고픈 심정이었다. 그런 생각일 때, 한 청년이 급하게 뛰어가는 것이 보였다. 신호등이 바뀌기 전에 길을 건너려나 싶었으나 횡단보도 쪽이 아니었다.

알고 보니 청년은 애인을 만나러 가는 길이었다. 뛰어가는 것을 보니 사귄 지 얼마 안 된 게 분명했다. 제과점 옆에서 기다리던 아가씨 앞에 발을 멈추고 가쁜 숨을 몰아쉬며 행복한 미소를 머금었던 것이다.

아서는 그 청년처럼 누군가를 향해 뛰어가던 자신의 젊은 시절을 떠올렸다. 그리고 그렇게 뛰어가는 일이 자신에게 다시는 없을 거라고 생각했다.

아서는 아이들이 좋아하는 비빔면을 후딱 만들어 접시에 담았다.

식탁 위에 놓으며 아이들을 불렀다.

"빨리 먹어. 엄마 오기 전에."

"엄마는 어디 갔어?"

"할머니 댁에."

둘째가 물었다.

"아빠는 안 먹어?"

여자아이와 남자아이는 그런 점에서 차이가 났다. 첫째 녀석은 잘

먹겠다는 말 한마디 없는 것이다.

"아빠는 너희 먹는 것만 봐도 배부르지."

그리고 그는 소파에 드러누워 TV를 켰다.

아이들이 먹고 나면 바로 설거지를 할 생각이었다. 증거가 남지 않게 말이다. 아니면 아내에게 잔소리를 들을 것이다. 야식 먹는 습관이 생긴다며 밤에는 아무것도 먹이지 못하게 했기 때문이다.

그때 L에게서 전화가 왔다.

"아까 차에서 말이야. 꼭 그렇게 말해야 했냐?"

술 한잔 걸친 듯했다.

"뭐? 화를 왜 내냐고? 사고 안 났으면 된 거라고?"

사람 좋은 L이지만, 가끔은 엉뚱한 일로 폭발해서 피곤하게 만드는 것이다. 이해할 수 없는 면이었다. 그리고 이해하고 싶지도 않았다.

"화를 낸 나는 뭐가 되냐?"

"쪼잔한 인간 되는 거지."

"너 혼자 멋진 척이지, 응?"

"왜 또 이래."

"내 덕분에 풀칠하는 거 잊지 마라."

"뭐가."

"지금 일자리 내가 꽂아준 거잖아!"

아서는 축구 중계를 보면서 건성으로 대답했다.

"그래, 미안하다. 내가 죽을죄를 졌다."

그 후로도 L의 헛소리는 계속됐다.

"씨발, 더우면 더워서 죽겠고, 추우면 추워서 죽겠고. 난 그것부터

가 맘에 안 들어."

아서는 듣지 않았다. 통화가 끝나길 기다리며 대충 추임새를 넣었다.

"응… 맞는 말이야. 그래… 잘했다."

초인종이 울렸다.

아내가 반갑기는 처음이었다.

"그만 끊을게. 초인종 소리 들었지? 누가 왔나 봐."

"가격은 조정이 가능할 것 같아요."

부동산 중개소 여사장을 두 번째로 찾아간 날이었다.

"부동산 경기가 안 좋아서 시세가 하향세거든요."

"많이 안 좋나요?"

"거래 자체가 없어요."

아서가 그녀를 쳐다보며 두 눈을 깜빡였다.

"그럼 사장님도 힘드시겠는데?"

그녀는 놀란 기색이었다. 그런 말을 해준 사람은 처음이라는 듯.

"그렇죠 뭐, 거래가 있어야 먹고사는데…."

작지만 깔끔한 사무실이 그녀의 성격을 대변했다.

벽면을 차지한 액자와 커다란 지도에는 먼지 한 톨 없었다. 파일함과 필기통은 최적의 위치에서 꼼짝하지 못하도록 못을 박아놓은 듯만 했다.

"중개사들한테는 시련의 시기죠. 임대료 내기도 벅차니까."

삐딱하거나 너저분한 것이 단 하나도 없었다. 책상 위에는 종이 한

장까지 반듯하게 놓였고, 휴지통은 칸막이 뒤에 숨겨졌다.

그녀가 얼마나 알뜰하게 운영해 왔는지를 알 것 같았다. 어떡하든 이 작은 사무실을 사수하는 게, 그녀의 필사적인 목표일 터였다.

"길 건너 사장님은 며칠 전에 문을 닫았잖아요."

아서가 걱정해 주는 어조로 말했다.

"악착같이 버티세요. 조만간 경기가 좋아질 겁니다."

"그래야죠. 지금은 버티는 수밖에 없으니까."

휘핑크림을 하얗게 뿌린 가로수들이 줄줄이 서 있었다.

"이팝나무예요. 꽃이 쌀밥 같다고 붙여진 이름이래요."

"쌀 나무가 정말로 있었군요."

새끼손가락처럼 생긴 꽃잎들이 빙글빙글 돌면서 떨어져 내렸다. 언뜻 보면 정말로 하얀 밥알처럼 보이는 것이다.

"조금 돌아가긴 하지만, 예쁜 길이라서 보여드리고 싶었어요."

"좋습니다. 잘하셨어요. 저도 꽃을 좋아합니다."

"지금 아니면 1년을 기다려야 볼 수 있는 거라서."

"그럼 봐야죠."

이팝나무 길을 따라 몇몇 시민이 꽃구경을 하고 있었다.

"시에서 조성을 잘해놓았네요."

"우리 시장님의 유일한 업적이죠."

아서는 꽃잎이 떨어진 길바닥을 내려다보았다. 숟갈질이 서툴러서 밥알이 어지럽게 흐트러진 아가의 밥상을 보는 듯했다.

"이게 다 쌀이라면 얼마나 좋을까요?"

"저도 그런 생각했었는데."

"힘들게 농사를 짓지 않아도 되고."

"그럼 벼 대신 나무를 길러야겠죠?"

"아, 힘든 건 마찬가지네."

"쌀 나무를 차지하려고 전쟁까지 날지 몰라요."

"현실은 언제나 무서운 것 같습니다."

둘은 농담을 주고받으며 그 하얀 길을 천천히 걸었다.

"꽃이 먹는 게 아니라서 다행이네요."

"맞아요. 꽃이 먹는 거라면 죄다 따 먹어서 꽃이 예쁜지도 모를 테니."

공용주차장 앞에서 여사장은 발을 멈추고 아서를 향해 몸을 돌렸다.

"조건은 맘에 드세요?"

둘이서 건물주를 만나고 돌아오는 길이었던 것이다.

"제 생각이 중요하겠습니까? 결정권자는 내가 아닌데."

마주 서서 보니 그는 키도 꽤 컸고, 살집도 적당히 있는 풍채라서 포근한 느낌을 줬다. 그래서 얼른 그녀는 그로부터 시선을 돌려버렸다.

"제가 몇 가지 정리를 해놨어요. 여기 봉투에."

아서는 그녀의 일 처리가 만족스러웠다. 확실하고 노련했다. 그런 조력자를 만나야 일하기가 편한 것이다.

그는 서류봉투를 받으며 주위를 두리번댔다.

"맛있는 식당 있어요?"

"왜요?"

"저녁이나 같이합시다."

*

등기부 등본을 비롯한 몇 가지 서류를 함께 검토했다.

"문제 될 소지는 없는 것 같네요."

"제가 사전에 다 살펴봤고요. 은행 대출도 적정선이고, 인테리어도 별다른 제한이 없고, 아까 직접 들으셨지만, 간혹은 그런 것까지 간섭하는 건물주가 있거든요."

"건물주의 성향도 중요하죠."

"그 건물에 아는 임대인이 있어서 물어봤는데, 건물주에 대한 평가가 좋더라고요."

주문한 음식이 나왔다. 더덕구이 정식이었다.

"맛있습니다. 반찬도 깔끔하고."

"다행이네요."

라며 여사장은 혼자처럼 웃었다.

"직업병인가 봐요."

"뭐가요?"

"소개하고 나서는 꼭 반응을 살피거든요."

아서도 빙그레 웃으며 말을 받았다.

"맛집을 소개해 주셨으니 중개 수수료를 드려야 하나?"

"주시면 좋죠."

"그래서 제가 밥을 사는 것 아닙니까."

"수수료 받아서 산다는 게 쉬운 일은 아니에요."

더덕을 집다 말고 진지한 표정이 되는 그녀였다.

"죽어라 안내하고 설명하고 정성을 들였는데, 성사가 안 되면 1원도 못 건지는 거거든요."

"그러면 손해가 크시겠어요. 요즘 물가도 엄청 올랐는데."

"맞아요. 제가 체리를 좋아하는데, 값이 어찌나 올랐는지 장바구니에 담을 수가…."

하다가 그녀는 바로 말을 멈췄다.

"어머, 쓸데없는 말을."

서둘러 화제를 돌렸다.

"팀장님은 인상이 참 좋으세요."

그러자 그 남자는 또 빙그레 웃으며 부끄러움을 타듯이 양어깨를 오므리는 것이었다.

"인상하고 인격은 다르죠."

"아니에요. 법 없이도 살 분이세요."

"하하, 제 연기에 속은 분이 또 생겼네."

그의 미소에는 소년 같은 수줍음이 들어있었다. 늘 그런 순진하면서도 해맑은 미소로 웃는 것이다. 중년의 나이에 그런 미소를 간직하고 있다는 사실이 놀랍다고 그녀는 생각했다.

"이번 건이 잘됐으면 좋겠어요."

"저는 힘이 없는 사람이라 장담은 못 하지만, 잘될 것 같아요. 윗선에서도 긍정적으로 보는 것 같고."

그것이 그녀가 듣고 싶던 말이었을 터였다.

밖으로 나오자 노을이 거미줄처럼 날아들었다.

붉은 테두리가 생긴 얼굴로 그녀가 그를 올려다봤다.

"먼 길을 가셔야겠네요."

"아닙니다. 여기서 자고 가려고요."

차를 세워놓은 길가에서였다.

"내일 현장조사도 해야 하고, 그래서 왔다 갔다 하느니…."

"그럼 그렇게 하는 게 낫죠."

그때 뭔가에 끌린 것처럼 여사장은 그들을 둘러싼 풍경으로 시선을 돌렸다. 길게 떨어진 그림자들이 지면에서 강한 색조의 대비를 일으켰던 것이다. 공중에서는 남보랏빛 알갱이들이 반짝거렸고, 난파한 범선처럼 도시는 그 농후한 색감 속에 조용히 침몰해 있었다.

길가에 늘어선 빌딩들은 시뻘건 쇳물을 차례로 들이부은 것 같았으며, 은행나무는 황금빛 광휘에 휩싸여서 원래의 형태를 알아볼 수 없었다. 낮은 하늘가에는 둥글고 서늘한 불덩어리가 아스라이 떠서 도시의 저녁을 잠잠히 내려다보는 것이다.

걸어가는 사람들은 말이 없었다. 어린 학생들이 종종걸음으로 나타나고 사라졌다. 차들은 축사로 몰려서 돌아가는 양 떼 같았다.

그렇게 쓸쓸히 하루는 시들어가면서도 삶의 냄새를 짙게 풍겼다. 땀과 욕망, 죽음의 오랜 발효를.

짧은 순간, 그녀의 눈동자는 거리를 응시하며 미동조차 하지 못했다. 그녀가 멈춘 것이 아니라 세상이 멈춘 듯했다. 도로의 차들은 움직이는 동시에 정지한 느낌이었다. 그토록 희미하고, 그토록 은밀하며, 그토록 강렬한 속삭임이었다.

놀라서 꿈을 깨듯 그녀는 목덜미를 옴찔 떨었다. 그리고 이내 기억을 되찾은 평상시의 얼굴로 돌아왔다.

"그럼 모텔에서 주무시겠네요?"

"그래야죠. 아, 사무실까지 태워드릴게요."

"아뇨. 택시 타고 가면 돼요."

"타세요. 저녁에 할 일도 없는 걸요, 뭐."

그녀는 그의 품에 안겨서 남성의 생살을 만지작거리고 있었다.

"아주 잘생긴 건 아닌데, 여자를 끌어당기는 인상이에요."

"내가요? 거울을 봐도 모르겠던데."

"여자가 봐야 알죠."

"그럼 난 영원히 모르겠네?"

"궁금하면 성전환 수술을 하시든가."

밍밍한 농담에도 기꺼이 웃어주는 아서였다.

"아무튼 기분은 좋습니다. 좋게 봐주시니."

그리고 그는 손을 내려서 그녀의 앙상한 엉덩이 살을 더듬었다.

첫날부터 무례가 아닌가 걱정했으나, 다행히 그녀는 그의 손길을 잠자코 받아주었다. 덕분에 그는 그녀의 가랑이 사이까지 손을 집어넣었던 바, 휴지로 닦았음에도 그곳은 여전히 축축했다.

"약간 곱슬머리네요?"

위에서 내려다보면서 그녀가 그의 이마를 쓸어 올렸던 것이다.

"파마를 안 해도 되죠. 엄마 배 속에서 영구 파마를 하고 나왔으니까."

"곱슬머리는 고집이 세다던데."

"안 그런데. 내가 고집이 세게 생겼나?"

"모르죠. 같이 안 살아봤으니."

"그럼 같이 살아볼래요?"

"됐어요. 환상만 깨지지, 뭐."

그리고 그녀는 몸을 떼어 일어나 앉았다.

"난 몸을 붙이고 있으면 이상하게 갑갑하고 싫더라. 그래서 남편하고도 거리를 두고 누워요."

그리고 그녀는 벽에 걸린 가운을 집어 들었다.

붉은 보조등만 켜놓아서 실내는 흡사 정육점을 연상시켰다. 선홍색으로 물든 살결에 하얀 가운을 걸치는 동작이 섬뜩한 느낌을 쏘는 것이다.

여사장이 욕실로 사라지자 아서는 참았던 하품을 했다.

희한하게도 그녀의 까만 젖꼭지가 자꾸 생각났다. 그녀의 남편과 자식들 외에도 여러 입술이 거쳐 갔을 젖꼭지였다. 여자의 유두에는 얼마나 많은 침과 사연이 묻어있는 것인가.

블랙 사파이어 포도를 닮은, 길고 달달한 젖꼭지였다. 그 촉감이 입술과 점막과 혓바닥에서 여전히 감돌았다. 그것은 아내의 젖꼭지와는 또 다른 느낌이었다. 확실히 구별할 수 있었다. 젖꼭지를 입에 넣었을 때의 느낌이 여자마다 다르다는 사실이 흥미롭게 생각됐다.

몸을 씻고 나오는 여사장이 보였다.

"문자가 온 것 같던데."

그녀가 핸드폰을 들여다봤다.

"그이한테서 온 거예요."

그리고 그녀는 남편에게 전화를 걸었다. 아서에게는 조용히 하라며 입술에 손가락을 붙여 보이고는.

"응, 여보. …사무실은 아니고, 잠깐 밖에 나와 있어. 늦게 온 손님이 계셔서."

전화를 끊자마자 헤어드라이어로 재빠르게 머리를 말렸다.

"집에 바로 가야겠어요. 아, 사무실 들러서 차를 가져가야겠구나."

옷을 입은 그녀는 얼굴에 마스크를 썼다.

귀걸이는 끼우지 않고 안주머니에 넣었다.

"다음에 봬요."

"태워다 드려요?"

"택시 타고 갈게요."

그녀가 나간 후에 아서는 침대 위에서 꼼짝하지 못했다. 몸을 씻으려 했으나 일어날 수 없었다. 졸음이 몰려왔다. 피곤한 하루였다.

결국 그는 엄마 품에서 젖을 물고 쌔근대는 아이처럼, 그 까맣고 메마른 젖꼭지의 기억을 입에 물고 잠이 들었다.

설거지를 하는 아내가 뒤돌아보지 않고 물었다.

"출장은 다 끝난 거야?"

"응."

"내일 온다고 하지 않았어?"

"내가 언제. 오늘 온다고 했지."

아서는 옷을 갈아입고 화장실로 들어갔다.

손을 닦는데 아내의 목소리가 날아왔다.

"비누칠해서 빡빡 문질러 닦아!"

"…"

"밖에서 묻히고 온 세균, 집 안에 퍼뜨리지 말고!"

조촐한 주방에서는 김치찌개가 끓고 있었다.

"깨끗이 닦았어?"

"응."

"진짜로 듣는 건지, 한 귀로 흘리는 건지."

그렇게 투덜대는 아내의 등을 지나 아서는 정수기 앞으로 갔다.

물 한 컵 뽑아 들고 식탁에 가 앉았다.

둘째가 혼자 앉아 그림책을 보고 있었다.

아서를 보고는 의자 밖으로 나온 다리를 흔들었는데, 말을 꺼낼 때마다 나오는 아이의 버릇이었다.

"아빠, 어제 딴 데서 잤어?"

"응."

"왜?"

"출장 갔었어. 멀리 가서 일하는 거."

"출장 가면 뭐 하는데?"

"음… 회사가 내준 숙제?"

아내가 그의 앞에 밥과 수저를 놔주었다. 그 손의 자잘한 움직임이 내려다보였다. 그 손가락들은 비쩍 말라서 뼈대가 고스란히 드러난 것 같았으며, 물속에서 필사적으로 허우적대는 것 같기도 했다.

그녀의 평생을 통해서 수없이 단련됐을 손이었다. 스스로 삶에 최적화됐으며, 가족에게 필요한 것들을 끊임없이 만들어내고, 밤에는 그의 성기를 만져주는 손이었다.

"당분간 출장을 자주 다닐 것 같아."

"뭐야. 툭하면 출장이야?"

아서가 아내를 빤히 올려다봤다.

"출장을 가고 싶어서 가나?"

아내는 몸을 돌리다 말고 둘째에게 주의를 줬다.

"다리 떨지 말랬지."

"그냥 둬. 억지로 고치지 말고. 나이 들면 없어져."

"알아서 된 것 같지만, 다 교육이 있었겠지. 저절로 되는 건 없어."

아서는 아내의 말에 더는 토를 달지 않았다.

대신에 딸아이를 돌아보며 씽긋 웃었다.

"내 유전인가 봐. 나도 어릴 때 다리를 엄청 떨었거든."

그리고 몸을 기울여 아이의 볼에 와락 뽀뽀를 했다.

"아이고, 내 새끼! 누굴 닮아서 이렇게 예쁠꼬?"

I-2

세영은 동네 마트에 들렀다. 식용유가 떨어진 탓이었다.

주차장에 차가 많았다. 과연 마트 안은 사람들로 북적였다.

계산대들이 풀가동 중이었고, 계산원 중에는 세영이 아는 얼굴도 있었다. 그녀는 그 계산대 옆으로 다가가 Y에게 말을 걸었다.

"손님이 많네?"

Y는 세영과 눈도 못 맞췄는데, 바코드를 찍느라 정신이 없었기 때문이었다.

"행사 기간이라."

"숨 돌릴 틈도 없겠다, 야."

Y는 어깨를 으쓱하며 죽는시늉을 했다.

"미치겠어. 빵꾸까지 났어."

엊그제 한 명이 그만뒀는데, 오늘은 또 한 명이 아파서 결근을 했다는 얘기였다. 그러니 일손이 달릴 수밖에 없었다.

실제로 계산대마다 긴 줄이 서 있었다.

"아니, 이게 누구야."

그 마트의 사장이었다. 세영을 알아본 거였다.

"세영 씨! 거기 서!"

마트 사장은 다짜고짜 세영의 앞을 가로막았다.

"잘 만났다. 과연 하늘은 내 편이야."

군청색 작업복 차림으로 세영을 노려보는 사장의 표정이 심상치 않았다. 구세주를 본 것 같은 표정인 것이다.

"지금 시간 되지?"

"네?"

"계산대 좀 봐줘."

"내가요?"

"지금 우리 죽게 생겼어. 손님들은 계속 들어오고."

"난 이제 직원도 아닌데 어떻게 해요."

사실 세영은 작년까지 그곳에서 일했었다.

"2시간만 봐줘. 수고비는 넉넉히 챙겨줄 테니."

"아휴, 안 돼요. 손이 굳었을 텐데."

"뭔 소리야. 우리 마트 에이스였잖아."

옆에서 Y도 부탁했다.

"그래, 우리 좀 살려주라."

난감했다. 장을 보러 왔다가 꼼짝없이 붙잡혀서 일을 하게 된 것이다. 하지만 다들 통사정을 하니 더는 뺄 수 없었다.

사장이 계산대 하나를 재빨리 열고 포스의 전원도 켜주었다.

한순간에 손님에서 직원으로 신분이 바뀐 세영은 오랜만에 계산대 앞에 섰다. 처음에는 주춤했으나 그녀는 곧 예전처럼 능숙하게 손님들의 결제를 처리하기 시작했다.

"포인트 적립번호 불러주세요."

대머리 사장의 확성기 소리가 들렸다.

"꿀 복숭아 20% 세일! 지금 청과코너로 오시면 선착순 다섯 박스!"

세영은 몸에 생기가 도는 것을 느꼈다. 생생한 현장의 분위기가 자극을 줬던 것이다. 그런 활기가 얼마 만인지 몰랐다.

마트 한구석에 사무실이 있었다.

목장갑을 낀 손으로 음료수를 따라주며 사장은 고마움을 표했다.

"세영 씨가 그때 짠하고 나타날 줄이야! 서광이 비치는 것 같더라니까?"

철제 의자에 앉은 채로 세영은 새침하게 대꾸했다.

"직원 좀 늘리세요. 장사도 잘 되는 것 같은데."

"세영 씨 같은 인재가 있어야 말이지."

사장은 그렇게 세영을 자꾸 띄우는 거였다.

동석한 Y도 거들었다.

"사장님이 네 얘기 많이 했어. 세영 씨가 있으면 알아서 해결할 텐데. 어찌나 너를 아쉬워하시던지."

사장이 세영을 아꼈던 건 사실이었다. 일을 잘했기 때문이었다. 조 편성과 신입 교육도 세영이 맡아 했었다.

"다시 일할 생각 없어?"

어쩌면 사장은 대단한 사람이었다. 무일푼으로 시작해 마트를 차리기까지 자수성가한 인물이었다. 그처럼 성실한 사람은 본 적이 없었다. 아침부터 밤까지 기계처럼 쉴 새 없이 몸을 움직이는 사람이었다.

심지어 그의 맨손이 어떻게 생겼는지 몰랐는데, 항상 목장갑을 끼

고 있기 때문이었다. 간식을 먹을 때도 목장갑을 벗지 않았다. 본인
조차 목장갑을 끼고 있을 때가 손이 제일 편하다고 말할 정도였다.

"생각해 볼게요."

"생각할 게 뭐 있어. 내일부터 출근해."

"아휴, 안 된다니까요."

"당장 사람이 필요하다니까."

슬쩍 덧붙여 속삭이는 것이었다.

"일당도 조금 올려줄 테니."

세영이 Y와 함께 마트를 나왔을 때는 이미 어둑한 저녁이었다.

"생각지 못한 돈을 벌었네."

"그거로 맛있는 거 사 먹자."

"집에 가서 애들 밥 차려줘야지."

"갓난애야? 알아서들 먹으라고 해."

하다가 Y는 무슨 생각을 했는지 빙긋 웃었다.

"아니야. 그러지 말고 나를 따라와."

"어디를?"

"재미있는 데가 있지."

그리고 그녀는 휴대폰을 눌렀다.

"여보야, 내 친구 세영이 알지?"

자기 남편에게 전화한 거였다.

"세영이랑 저녁 먹고 갈게. 늦을지 몰라."

그리고는 무턱대고 세영을 바꿔줬다.

"인사 좀 해."

"뭐? 아, 안녕하세요. 그간 잘 계셨죠? …아휴, 그럼요."

전화를 끊은 후에 Y는 이상한 얘기를 했다.

"네 덕분에 알리바이는 해결됐고."

이어서 그녀는 또 어디론가 전화를 걸었다.

번화가에 있는 생맥줏집이었다.

조명이 어둑했다. 빈자리가 없었다. 테이블에 앉아서 술을 마시는 사람들은 거의 젊은 층이었다.

두 중년의 남자가 Y와 세영을 기다리고 있었다.

한 남자는 체구가 컸고, 한 남자는 보통의 체구였다.

두 남자는 일어나서 두 여자를 깍듯이 맞이했고, 세영은 당황한 기색으로 미간을 찡그리며 Y의 뒤에 대고 속삭였다.

"뭐야? 말도 없이."

Y는 세영을 억지로 의자에 앉혔다.

"일단 앉아봐."

남자들과 마주 앉긴 했으나, 세영은 경계심을 풀지 못했다. 낯선 남자들과 앉아있을 이유가 없었다. 기회를 봐서 자리를 떠야겠다고 생각했다.

체구가 큰 남자는 Y의 애인이 분명했다. 두 남녀가 반가워하며 편하게 반말을 썼기 때문이었다.

"저녁 먹었어?"

"못 먹었지. 끝나고 바로 왔어."

"배고프겠다."

"조금."

"조금이라도 안 되지. 1초만 배고파도 나는 죽는데."

"그러니까 자기가 뒤룩뒤룩 살이 찌는 거야."

Y에게 애인이 있다는 사실을 눈치는 채고 있었다. 하지만 직접 보기는 처음이었다. 얼굴 절반이 푸르스름한 면도 자국으로 뒤덮인 게, 영락없는 산적두목이었다. 아니면 수컷 고릴라거나.

그 털북숭이 고릴라가 어울리지 않는 상냥한 미소를 방출했다.

"반갑습니다. 말씀은 많이 들었습니다."

세영은 퉁명하게 받아쳤다.

"저한테 신경 쓰지 마세요. 죄송하지만 저는 곧 일어날 거라. 예의상 앉긴 했는데."

"이 저녁에 무슨 급한 볼일이라도…."

"그런 건 아니고요. 저는 남자분들이 계신 줄 모르고…. 솔직히 말해, 남이 보면 오해할 짓은 하고 싶지 않네요."

그러자 Y의 애인은 예상 문제에 있다는 듯 바로 답했다.

"1대1이면 몰라도, 2대2나 4대4는 괜찮습니다. 직장 동료들끼리 회식하는 거로 보일 겁니다."

그 고릴라가 인간의 말을 청산유수로 잘하는 거였다.

"막말로, 사람끼리 만나서 얘기하는 게 죄는 아니지 않습니까? 지금이 남녀유별 조선 시대도 아니고. 살아가는 얘기하면서 서로 공감

하고 위로하고, 얼마나 건전하고 좋습니까?"

"아휴, 됐어요. 저는 이런 자리 불편해요."

"저희는 나쁜 사람 아닙니다?"

"나쁜 사람이 나쁜 사람이라고 하나요?"

그러자 두 남자는 서로를 쳐다봤다.

"너무 귀여우시다."

"말씀을 맛깔나게 하시네."

Y가 세영을 달랬다.

"이왕 왔으니까 저녁만 먹고 가. 배고프잖아."

"맥줏집에서 식사도 파니?"

Y의 애인이 재빨리 말을 받았다.

"돈가스 있어요. 먹을 만합니다. 전문점만큼은 아니지만."

"돈가스 좋아하지 않아요."

"그럼 골뱅이 소면 드세요. 여기 맛있습니다."

옆에서 Y가 후다닥 메뉴판을 펼쳤다.

"너 골뱅이 좋아하잖아. 그거부터 시키자."

어영부영 그렇게 세영은 자리에 앉아있게 됐다. Y의 애인이 어떤 사람인지 궁금하기도 했고.

Y 커플은 어깨를 부딪쳐가며 알콩달콩 귓속말을 나눴는데, 남자가 말할 때마다 Y는 과도하게 키득거렸다. 풋풋한 연인처럼 구는 것이다.

"우리 집 냉장고가 사실은 전화기였어."

"응? 그렇게 큰 전화기가 있어?"

"냉장고로 전화가 온 거야. 냉장고가 벨소리를 내더라니까?"

"알겠다. 핸드폰을 냉장고에 넣어놨구나?"

"반찬통은 책상에 놓고. 양손에 하나씩 들고 있다가."

"우리 남편만 둔할 줄 알았더니!"

"남자들은 다 둔해."

Y는 남자들이 좋아할 몸매를 갖고 있었다. 키는 작지만 신체 비율이 좋아서 맵시가 고왔다. 뒤에서 보면 20대 아가씨로 착각할 만큼 여전히 날씬한 것이다. 남자들이 꼬일 만했다.

또 다른 남자가 어색한 침묵을 깨려는지 조심스레 물어왔다.

"저기, 세영 씨도 맞벌이를 하시나 봐요."

"아니에요. 지금은."

"그래요? 요즘은 맞벌이 안 하면 애들 키우기 힘든데."

안색이 붉었다. 술에 찌들어서는 아니고, 원래가 그런 듯했다.

"남편분이 돈을 잘 버시나 보네요."

세영은 짧게 끊어 대답했다.

"쥐꼬리 월급으로 겨우 살아요."

Y의 애인이 그 대화를 가로챘다. 두 남자도 친구 사이로 보였다.

"내가 어릴 때는 맞벌이가 별로 없었는데. 그때는 가장이 벌어오는 월급으로 온 가족이 다 먹고살았잖아."

"지금은 맞벌이해야 겨우 먹고산다니까."

"그럼 옛날보다 잘살게 됐다고 말할 수 있나?"

얼굴이 붉은 남자는 사뭇 진지하게 대답했다.

"꼭 그렇게 말할 수는 없는 것이, 옛날에는 돈 벌기 싫어서 맞벌이를 안 했겠어? 맞벌이도 인프라가 뒷받침돼야 하는 거야. 일자리가

많아야 하고, 여성들은 능력과 여유가 있어야 하고, 아이들을 맡아
줄 어린이집도 필요하고."

"그건 또 그러네."

"일 안 해도 잘살아서 선진국이 아니라니까. 고소득을 올릴 만큼
일할 수 있어서 선진국이지. 안 그래?"

세영이 근질거리는 입술을 참지 못하고 한마디했다.

"그거보다는, 여자는 집에서 살림만 해야 한다는 인식의 변화가 컸
겠죠. 우리 어머니 때는 맞벌이를 좋게 보지 않았을 거예요. 여자가
내조는 안 하고 밖으로 싸돌아다닌다고."

"오, 그 말씀도 옳습니다."

"그냥 제 생각이에요."

"이야, 예리하십니다. 정말 놀랐습니다!"

골뱅이 소면은 확실히 맛있었다.

세영은 면발을 오물오물 씹으면서 탁자 너머의 남자들을 쳐다봤다.

"뭐하는 분들이세요?"

처음으로 남자들에게 관심을 보인 거였다.

Y의 애인이 먼저 답했다.

"장사를 하고 있습니다. 소소하게."

"뭘 파시는데요."

"보일러 대리점 하고 있어요."

Y가 슬쩍 양념을 쳤다.

"꽤 크게 해. 아파트 공사에도 들어가고. 직원도 있고."

그 고릴라는 멋쩍게 머리를 긁적였다.

"대리점이 커봤자 대리점이죠. 어쨌든 동네 작은 대리점하고는 좀 다릅니다. 인터넷으로도 팔고요."

"망할 걱정은 없겠네요. 보일러 없는 집이 없으니까."

"그렇죠 뭐, 우리나라에서 겨울이 없어지지 않는 한은. 온난화 때문에 조금 걱정이긴 한데, 그렇다고 겨울이 없어지기야 하겠습니까? 정말 그러면 에어컨 팔죠, 뭐."

"여름에도 보일러는 필요해요. 온수로 샤워하니까."

그리고 세영은 휙 시선을 돌렸다.

"옆에 계신 분은요?"

얼굴이 붉은 남자는 면접을 보는 응시자처럼 자세를 바로 했다.

"전 그냥 월급쟁이입니다. 월급 따박따박 받아먹고 사는."

Y가 또 살을 붙였다.

"상무님이야, 상무."

"아, 오해는 마시고요. 그건 그냥 명함용 직함입니다. 대기업 상무로 생각하시면 절대로 안 되고요."

그래도 얘기를 들어보니 해외 수출까지 하는 탄탄한 중소기업이었다.

다행히 허세가 심한 남자들 같진 않았다. 세영은 허세 떠는 남자를 제일 싫어했던 것이다. 믿을 수 없는 인간이라고 생각했고 말이다.

"세영 씨는 걱정이 없으신 분 같아요. 표정이 밝으셔서."

"제가요?"

"이미지가 뭐랄까, 화사하고 고급스럽고 격조가 있다고나 할까."

"사람 볼 줄 모르시네요."

"정말이라니까요? 밝고, 자신감 있고."

그런 사탕발림 수작에 넘어갈 생각은 없었다. 자기를 붙잡아두려고 그런다는 사실을 명심해야하는 것이다.

하지만 기분이 썩 나쁘지는 않았다. 남자들이 잘 보이려고 애쓰는 모습이 얼마 만인지 몰랐다. 남자들로부터 그런 대우를 받는 것은 까마득한 처녀 때 이후로 처음인 것이다.

"뭘 봐서 내가 밝아요. 매일 우거지상인데."

"집에 무슨 우환이라도…."

"그런 건 아니고요. 아무 일 없어도 그래요."

"그게 다 스트레스 때문입니다. 그래서 이런 자리가 필요한 거죠."

라고 말한 건 Y의 애인이었다.

"사실 부부 간에도 말이 안 통할 때가 많거든요. 와이프한테 털어 놓을 수 없는 말도 있고. 그런 얘기를 이런 자리에서는 할 수 있잖습니까. 그러면서 서로 공감해 주고, 격려해 주고. 그러면 마음의 응어리도 풀리고."

"부인 응어리나 풀어주세요."

"와이프가 저를 얼마나 좋아하는데요. 왜? 잘해 주니까. 남편이 잘해 주니까. 이런 데서 스트레스 다 풀고 들어가니, 아내한테 화낼 일이 없는 거죠. 이 얼마나 좋습니까?"

"그래요 뭐, 말이 통하는 사람들끼리 만나서 대화하는 거야 뭐랄 수 없죠. 정말 대화로만 그친다면."

그러자 남자들은 잠자코 웃기만 했다.

세영은 맥주잔을 들면서 Y 커플을 한꺼번에 쳐다봤다.

"어떻게 알게 되신 거예요?"

"저희요?"

"소개로 만나신 거예요? 아니면 동창?"

남자가 Y를 돌아봤다. 허락을 구하듯이.

Y는 샐러드에 소스를 뿌리던 중이었다.

"자기가 알아서 말해."

그래서 남자의 얘기를 들어보니, 헬스장에서 만난 사이였다.

"헬스장이요? 나는 동호회나 앱에서 만났나 했네."

"신발을 보고 반했습니다."

"뭐라고요?"

"신발이요. 신발."

"신발이 비싼 거였나?"

"운동을 하려고 헬스를 끊었는데, 헬스장 현관에 신발장이 있잖습니까. 신발을 벗어서 놓는데, 옆에 놓인 신발이 엄청 작더라고요. 저는 발이 큰 편이거든요. 제 신발 옆에 있으니까 더 작아 보이는 겁니다."

어느새 세영은 치킨을 안주 삼아 맥주를 마시며 듣고 있었다.

"무슨 장난감처럼 귀엽기도 하고, 인형한테 신기는 초소형 구두 같기도 하고. 그래서 신발의 주인이 누굴까 궁금해지는 겁니다. 그래서 바로 들어가지 않고 어기적거리고 있는데, 그때 마침 한 아리따운 여인이 나와서 그 작은 신발을 쏙 집는 겁니다. 정말 인형처럼 생긴 분이요."

"뜻밖에 낭만적이네요."

"딴짓하면서 훔쳐봤죠. 그 신발의 주인이 맞나? 그랬더니 신데렐라처럼 그 신발을 딱 맞게 신으시더라고요. 그날은 일단 조용히 보내드렸고. 놀라실까 봐. 다음 날부터 헬스장에서 그 신데렐라만 찾았죠."

Y가 무심한 말투로 끼어들었다.

"팔뚝 살 뺀다고 엎드려서 한창 아령을 흔들고 있는데 웬 떡두꺼비 같은 인간이 와서는 그렇게 하면 안 된다느니 지적질을 해대는 거야. 뱃살을 출렁대면서. 근육 하나 없는 주제에. 어찌나 웃기던지."

"관심의 표시라는 걸 몰랐어?"

"집에 가서 그이를 보니까 알겠더라. 컴퓨터게임 하느라 내가 온 것도 몰라. 컴퓨터가 천만 원짜리야."

세영이 아몬드를 깨뜨려 씹으며 중얼댔다.

"신발에 반했다는 사람은 살다 살다 처음 보네."

"정확히는 내 작은 발에 반한 거지."

"여자들은 발이 다 작은데 뭘."

"난 여자치고도 작잖아."

그 후로도 네 사람은 이런저런 얘기를 나눴다. 시시콜콜한 얘기들이었다. 세영은 술기운이 좀 올라서인지 처음의 경계심이 많이 풀렸다.

"어머, 말도 안 돼."

"그래서 제가 그랬죠. 이런 건 환불이 안 된다. 그랬더니 소비자보호원에 신고하겠다느니, 인터넷에 퍼뜨리겠다느니 난리를 치는데, 이건 뭐 말이 통해야 말을 하지."

"그런 인간 있어요. 지 잘못은 생각 못 하는."

"그래서 사람이 가장 무섭습니다. 보일러는 고장 나면 고치면 되는데, 사람은 고칠 방법이 없어."

"어머, 벌써 11시야."

시간이 순식간에 지난 거였다.

Y도 핸드백을 챙겼다.

"그만 일어나야겠다. 집에서 한마디 듣기 전에."

얼굴이 붉은 남자, 중소기업 상무가 세영에게 말했다.

"오늘 즐거운 시간이었습니다. 다음에 또 나오세요. 자리 만들게요."

"두 분이 매너도 좋으시고, 말씀도 재미있게 하시고, 그래서 좋기는 한데, 제가 좀 보수적이라서요. 양해하세요."

그러자 Y의 애인이 말했다.

"그냥 편하게 생각하시면 되는데. 살다가 열 받는 일 생기면 괜히 남편 바가지 긁지 말고 저희를 부르세요. 말동무 해드릴 테니까. 사람 때문에 쌓인 거는 사람으로 풀어야 하는 겁니다."

음식값은 남자들이 계산했다.

세영은 남자들과 거리를 두려고 제일 먼저 밖으로 나갔다.

밤거리는 많이 한산해져 있었다. Y가 나오지 않아서 살펴보니, 계단 옆 으슥한 공간에 두 남녀가 붙어 서있는 게 보였다.

남자의 뺨을 양손으로 감싸고 애틋하게 올려다보는 것은 Y가 맞았다.

"날이 더워졌어. 더위 먹지 않게 조심해."

남자도 그녀의 허리에 손을 두르고 다정하게 내려다봤다.

"남편한테 잘해주고. 알고 보면 남자는 불쌍한 존재야."

대리기사가 올 때까지 두 사람은 떨어질 줄을 몰랐다.

세영이 남편에게 말했다.

"마트에서 다시 일할까 봐."

"전에 다니던 마트?"

"그렇지 뭐."

"왜. 다른 일 알아본다며."

잘 다니던 마트를 그만뒀던 것도 그 때문이었다. 보다 번듯하고 소득이 높은 일을 원했던 것이다.

그러나 현실은 TV 드라마가 아니었다. 경력도 없는 가정주부에게 그런 좋은 일자리를 내줄 회사는 없었다. 덕분에 시간만 허비했다.

"당신 월급으로 아이들 키울 수 있어?"

"못할 건 또 뭐야."

"애들 교육비가 한두 푼이야?"

사실 아서도 말릴 생각은 없었다. 아이들이 자라면서 들어가는 돈의 단위 자체가 달라지는 것이다.

"뭐, 당신이 보태면 좋기는 하지."

그리고 아서는 뒤로 돌아가 세영의 어깨에 손을 얹었다.

"미안해서 그런다. 고생만 시키고."

오전이라 마트 안은 한산했다. 계산대도 한가했다.

공기는 냉방 덕에 시원했다. 통로는 깨끗했고, 매대는 잘 정돈돼있었다. 밤새 정화된 새벽의 느낌인 것이다.

오랜만에 일을 하게 돼선지 세영은 신선한 긴장감을 느꼈다.

동료들과 함께 있다는 점도 좋았다. 집이었다면 혼자서 설거지를 하고 있을 시간이었다. 청소와 환기를 하고 나서는, 인터넷 카페에 들어가서 아이들 학습에 도움이 될 정보를 찾아봤을 것이다.

"언니, 옥수수 삶을 줄 알아?"

"옥수수 안 삶아봤어?"

"사 먹기만 했지."

옆 자리의 계산원이었다.

"그럼 사서 먹어."

"누가 생옥수수를 한 자루 줬어."

"물에 넣고 삶으면 돼."

"껍질을 벗겨야 하나?"

"나는 벗겨서 해."

"안 벗기면 안 돼?"

"안 벗겨도 돼. 아, 겉껍질은 벗겨야지."

그때 손님이 결제하러 와서 대화는 중단됐다.

"일시불로 해주세요."

"봉투 드려요?"

"아뇨. 필요 없습니다."

"빈 박스 이용하세요."

그러자 손님은 웃으며 말했다.

"차에 쇼핑 주머니가 있어서요."

"아, 거기에 담으시는구나. 그래도 되죠."

"종이 박스는 테이프 뜯어서 분리수거 하잖아요. 귀찮더라고요."

"맞아요. 그런 문제가 있죠."

"그럼 수고하십시오."

기분 좋게 하는 손님이 있다. 그 손님이 그랬다. 오전부터 장을 보러 온 것으로 보아, 혼자 사는 남자일지 모른다고 생각했다.

"저기, 손님!"

"네? 저요?"

"이거 가져가셔야죠."

"아이고, 깜빡했네."

남자는 치즈를 건네받아 카트에 담았다.

"제가 정신머리가 없어놔서."

머리를 긁적이며 허둥대는 모습이 귀여워 보였다.

"말씀 안 해주셨으면 그냥 갈 뻔했습니다."

계산대 구석에 물품을 흘리고 가는 손님이 종종 있었다.

"그래도 괜찮아요. 저희가 보관했다가 돌려드리니까."

세영은 숨통이 트이는 해방감을 느꼈다. 그래서 자신이 집안일에 지쳐있었음을 깨달았다. 물론 이 일도 곧 지겨워지겠지만.

"손님! 영수증도 놓고 가셨네."

"아이고, 이런."

계산대는 다시 한가해졌고, 세영은 멍하니 서서 매장 안을 응시했다. 그 정돈된 분위기가 좋았다. 차츰 손님이 늘면서 복잡해지고 시끄러워질 테지만. 짧게 끝나는 새벽처럼.

"언니는 에멀젼 어떤 거 써?"

"양파…."

퇴근 때 양파를 사 가야겠다고 생각했다.

마침 한 손님이 양파를 집는 것이 보였다.

"에멀젼 안 써?"

"응? 뭐라고?"

그 옆의 오이와 대파도 싱싱했다.

오렌지와 참외와 자두는 색깔별로 배열한 구슬 같았다.

우유와 주스가 맞은편 냉장고를 화사하게 채웠다.

"요즘 피부가 거칠어졌어."

"푹 자면 돼."

"잠을 설치긴 했어."

"잠부터 자. 물 많이 마시고."

상품이 가득한 것을 보면 희한하게 마음이 편해졌다.

"잠이 최고의 보습제야."

눈으로만 봐도 배부른 느낌이 드는 것이다.

"우타고코로 리에를 아세요?"

"네? 누구요?"

"모르세요? 한일가왕전에 나왔던."

"아, 그 일본인 여가수. 나이 좀 있는."

"맞습니다. 우리나라에 팬이 많죠."

하면서 Y의 애인은 자기도 팬이라고 밝혔다.

"일본에 탐나는 게 딱 2가지가 있는데, 후지산이랑 리에 상이죠."

"네. 어릿광대의 소네트 부를 때 정말 감명 깊더군요."

"그분이 일본에서 라이브 카페를 운영해요. 그래서 일본에 놀러 갔을 때 그 카페를 찾아갔죠. 그분의 라이브를 꼭 듣고 싶었거든요. 그런데 그분이 일본에 없다는 겁니다."

"왜요?"

"방송출연 때문에 한국에 갔다는 거예요."

"어머, 길이 엇갈렸군요."

"내가 일본에 갈 때, 그분은 한국에 왔던 겁니다."

한강이 바라다보이는 레스토랑이었다.

"후, 사인을 꼭 받고 싶었는데."

이번에는 얼굴이 붉은 남자가 말했다.

"저 길로 더 가면 워커힐 호텔이 나옵니다. 아세요?"

"워커힐… 들어본 거 같아요."

"유서가 깊은 호텔이에요. 박정희 때 지었으니까."

"아무튼 어디서 들었어요."

"마이클 잭슨이 한국에 왔을 때 묵었던 호텔입니다."

"그때 들었나?"

그 남자는 뭐든지 아는 체를 하는 경향이 있었다. 지적으로 보이기를 원하는 것 같았다. 물어보지도 않은 얘기를 툭하면 장황하게 늘어놓는 것이다.

"호텔 뒤로 돌아가면 언덕이 나와요. 한강이 내려다보이는 언덕인데, 그 위에 빌라가 몇 채 있어요. 호텔에서 운영하는. 젊었을 때 가봤는데요. 일 때문에 만난 교포가 그 빌라에 묵던 터라."

조금 따분하긴 했지만, 그래도 계속 듣게 됐다. 어릴 때 엿듣던 어른들의 얘기처럼 호기심을 자극하는 면이 있었다.

"그 빌라의 관리비가 내 월급보다 세더라고요."

"한 달 관리비가요?"

"당시에는 최고급 빌라였으니까요. 매일 2번씩 종업원이 와서 청소를 해줘요. 침대 시트 갈아주고, 쓰레기통 비워주고, 바닥청소 해주고."

"돈 있으면 그런 데서 살고 싶네요."

"저도 그렇게 생각했다니까요. 돈 많이 벌어야겠구나."

"많이 버셨나요?"

"벌긴 버는데 모을 수가 없더군요. 일단은 애들이 다 가져가고."

"상무님은 아시는 게 많은 것 같아요."

남자의 얼굴에 원하던 걸 얻은 미소가 꿈틀했다.

"뭐 그냥 주워들은 얘기가 많은 거죠, 뭐."

세영은 남자들의 대화를 들으면서 간간이 창밖을 곁눈질했다. 한강을 건너는 대교가 유리창을 길게 가로질러 걸려있었다.

"문제를 해결하는 척이라도 한다는 거야. 아니면 국민들이 인터넷으로 난리를 친다니까?"

"그게 다 초고속 인터넷의 힘이지. 매달 3만 원씩 받아가는."

그런 분위기가 좋았다. 약간은 몽롱한 나긋함…, 사람들이 있고, 계속되는 이야기가 있고, 편안한 미소들로 둘러싸인….

"우리나라처럼 인터넷 민주주의가 발전한 나라가 흔치는 않아. 물론 부작용도 많지만."

유람선이 지나가며 길고 흰 물살을 남겼다.

강가에서는 강물의 속도로 시간이 흐르는 것 같았다. 강을 보고 있노라면 모든 의식이 강물의 속도에 맞춰지는 것이다.

다시 보니 긴 물살도 깨끗이 지워지고 없었다.

"정치는 모든 걸 썩게 하는 특성이 있단 말이야. 정치인만 썩었어? 인터넷 정치판을 봐. 폴리스패머와 슬랙티비스트의 난장판이야."

살아있는 것도 시간뿐일지 몰랐다. 움직이는 것도 시간뿐일지 몰랐다. 탄생을 주는 것도 시간이었고, 죽음을 주는 것도 시간이었다.

홀로 살아있고, 홀로 절대적이었다. 그 무엇도 시간을 이길 수는 없었다.

"남자들 얘기는 뉴스를 듣는 것 같아."

라고 Y가 볼멘소리를 냈다.

그녀의 애인이 즉각적으로 반응했다.

"노래방 갈까?"

하지만 세영이 목을 저었다.

"난 빠질게요."

"친해지는 데는 노래방만 한 게 없습니다."

"죄송해요. 내키지가 않네요."

Y가 운전을 하면서 말했다.

"일본 갔었다고 했잖아. 나랑 함께 갔던 거야."

"어떻게? 남편이 보내줬어?"

"동창끼리 간다고 구라 쳤지, 뭐."

신호등에 걸려서 차를 세우고 Y는 계속 말했다.

"동창들이랑 대마도 갔을 때 찍었던 사진이 있어. 일본에 있는 동안 그걸 보내줬지. 그러니까 믿더라고."

"걸리면 어쩌려고."

"그 인간이 좀 어수룩하잖니."

"어수룩하면 어때. 돈만 잘 벌어오면 장땡이지."

Y의 남편은 공장 근로자였다.

수도권에 위치한 대기업 산하의 공장인데, 월급이 꽤 괜찮았다. 각종 수당을 합쳐서 예상보다 높은 액수에 충격을 받았었다. 그 월급이면 맞벌이를 안 해도 될 성싶었다.

"내가 왜 일을 하는지 알아?"

그리고 Y는 웃으며 자답했다.

"합법적으로 외출할 수 있잖니. 그것도 매일같이."

"그래. 집을 나가야 만나서 놀든가 하겠지."

그녀는 엉덩이가 가벼웠고, 남편은 엉덩이가 무거웠다.

"일본에는 며칠 있었어?"

"6일."

비쳐든 햇살이 그녀의 안면에 부어져 하얀 석고로 굳어졌다.

잠시 후 그것은 미소를 따라서 갈라졌다.

"둘이 참 재미있게 놀다 왔어. 그이랑 갔으면 재미없었을 거야."

저녁에 귀가한 세영은 아파트 안으로 들어갔다.

승강기는 타지 않았다. 2층에 살았기 때문이다.

오를수록 계단은 어두워졌다. 2층에 이르렀을 때는 꽤 많이 어두웠다. 밑에 있는 비상등은 희미했고, 2층에는 불빛이 잘 닿지 않았다.

맞은편 집 세발자전거가 난간에 붙어서 세워져 있었다. 분리수거를 위해 쌓아놓은 박스들도 조심해야 했다. 어둠 속 희미한 형체들을 피해서 그녀는 현관문으로 걸어갔고, 엊그제 설치한 도어락을 열었다.

지겹도록 익숙한 집 안의 정경이 어김없이 나타났다.

피곤해서 세영은 바로 침대에 눕고 싶었다. 하지만 기운을 짜내서 아이들의 공부를 확인했다.

"숙제 다 했어?"

"응."

"공부는."

"조금 했어."

"뭐? 조금?"

둘째에게 단호하게 일렀다.

"당장 들어가서 문제집 풀어."

그리고 남편에게도 일렀다.

"주말에는 당신이 아이들을 봐줘."

아서는 소파에 누워서 TV를 보고 있었다.

"뭘 봐줘."

"공부하는 거. 문제도 같이 풀어주고."

아서가 한숨을 푹 쉬었다.

"나도 좀 쉬자."

"나는. 나는 안 피곤해?"

"당신은 파트 타임이고, 나는 올 타임이고."

I-3

이번 출장은 팀원을 데리고 갔다.

현장 조사를 마치고 편의점에 들어갔다. 목이 말랐기 때문이다. 구석의 의자에 앉아서 음료수를 마셨다.

"어제 축구 보셨어요?"

"깜빡했어. 생각나서 틀었더니 벌써 끝났더라고."

"알람을 해놓으세요."

"그러면 되겠구나."

"어제 정말 명승부였는데."

"하이라이트는 봤지."

"스포츠는 생중계로 봐야죠."

길거리가 내다보였다. 이제는 모든 행인이 반팔 차림이었다. 줄무늬 차양막 아래, 아이스콘의 포장을 뜯는 꼬마도 반바지 차림이었다.

덕분에 시야는 차라리 시원했고, 미풍이 건드리면 플라타너스 행렬이 푸른 율동을 일으켰다. 그때마다 싱그러운 녹음이 사방에서 찰랑거려, 흡사 연두색 이온음료가 거리에 가득 넘실거리는 듯한 착시를 일으켰다.

"중소도시는 소비 수준이 떨어지잖아요. 차라리 서울에 지점을 하나 더 여는 편이…"

"서울은 포화 상태야. 게다가 지방은 비용이 적게 든단 말이야. 임대료만 해도 서울보다 훨씬 싸거든."

"수요가 있을까요?"

"왜 없어. 길목만 좋으면 수요는 마찬가지야. 게다가 판매가도 똑같단 말이야. 비용은 적게 드는데 수입은 같아."

"이윤이 더 남겠군요."

"그래서 이런 데를 선점하는 전략을 쓰는 거야."

그리고 아서는 남은 콜라를 한입에 들이켰다. 톡 쏘는 거품이 목을 쏘았다. 달콤한 냉기가 입안에 가득 퍼졌다.

"사내 연애 한다는 말이 있어?"

"아이, 아닙니다. 헛소문이에요."

"뭐가. 목격자도 있더구먼."

"잘못 본 거라니까요."

아서는 허허 웃고 말했다.

"어쨌거나 결혼 자금 모아둬. 나중에 빚내지 말고."

"모으기는 하는데, 쉽지가 않아요."

그리고 부하 직원은 어깨를 으쓱했다.

"월급은 짜고, 물가는 맵고."

아서는 팀원을 먼저 올려보냈다.

"나는 따로 확인할 게 있어서."

"늦지 않으시겠어요?"

"늦으면 바로 퇴근하지, 뭐."

"알겠습니다."

"운전 조심해 가."

혼자 남은 그는 헐레벌떡 근처의 마트로 뛰어갔다.

차 한 대가 그를 태우러 왔다.

중개소 여사장의 차였다.

아서는 조수석에 앉자마자 비닐봉지를 건넸다.

"이게 뭐예요?"

"체리요."

봉지 안에 체리 한 팩이 들어있었다.

"체리를 좋아한다고 했잖아요. 그런데 값이 많이 올랐다고."

여사장은 체리를 내려다보며 말이 없었다. 천천히 고개를 들어서 아서를 마주봤다. 그리고 사춘기 소녀의 미소를 머금었다.

"그걸 기억하고 계셨어요?"

"뭐 그냥 생각이 나서."

"여자의 마음을 훔칠 줄 아네요."

"아이고, 이게 얼마나 한다고."

"다이아 반지를 받았어도 이보다 감동하진 못했을 거야."

그녀는 부드럽게 차를 출발시켰다.

"기분이 좋아졌어요."

편안한 자세로 핸들을 잡고 있었다.

"오늘 힘든 일이 많았는데."

"왜요. 누가 괴롭혀요?"

"일이 계속 꼬였어요. 계약금을 돌려달라지 않나."

"그건 안 되지."

"계약을 우습게 알아."

"나를 만났으니까 됐어요."

그리고 그는 가만히 그녀의 손등에 손을 얹었다.

"잊어버려요. 좋은 일들이 더 많이 생길 겁니다. 알았죠?"

앞뒤의 차들이 함께 달렸다. 좌우로는 빌딩들이 지나갔다. 마치 인도를 받는 기분이었다. 길을 따라 하염없이 가라는.

"내 직업 참 좋은 직업이에요. 외간남자랑 다녀도 의심을 받지 않으니. 함께 밥을 먹어도 되고."

그녀는 차창을 반쯤 내렸다.

"봐요. 이렇게 창문을 내리고 가도 된다니까."

창가 쪽으로 고개를 기울였다. 그녀의 머리칼이 나풀대기 시작했다.

"남편이 봐도 괜찮아요. 계약 때문에 고객을 만나려니 하니까."

아서는 조용히 웃으며 앞을 보았다.

태양은 보이지 않았지만, 하늘에 떠 있는 건 분명했다. 붉은 신호등에 걸려서 멈춘 구름이 하얗게 빛나는 거로 보아.

그 눈부심 아래, 아름다운 오후의 한때가 잔잔히 흘러가고 있었다.

사람들이 보였다. 어디론가 걸어가고 있었다.

갑자기 경이로웠다. 세상은 햇살이 날아와 부딪치는 음향으로 가득했다. 그렇게 모든 것이 떠내려가고 있었다. 두 사람도 떠내려가고 있었다.

"답답할 땐 이렇게 바람을 맞아요."

어디로 가는지는 알 수 없었다. 하지만 가고 있는 것은 분명했다.
가만있어도 모든 것이 변하는 거로 보아.

"그러면 가슴이 후련해져요."

핸들을 돌릴 수는 있었다. 그래도 행선지는 바뀌지 않았다.

어느 길로 가든 결국에는 한 곳으로 모였다. 무력한 굴복.

"바람이 다 가지고 날아가요."

주택가에 차를 세우고, 그들은 한 건물로 들어갔다.

3층짜리 작은 건물이었다.

"죄송해요. 지나는 길에 들러야할 것 같아서."

"괜찮아요. 편한 대로 하세요."

"잠깐이면 될 거예요."

두 사람은 함께 계단을 오르기 시작했다.

외부로 노출된 계단이었다. 각 층마다 방향이 바뀌어서 지그재그로
올라갔다. 회백색 건물이라 벽면을 향할 때는 눈이 부시기도 했다.

3층의 문 앞에서 여사장은 발을 멈췄다.

주머니에서 열쇠를 꺼냈다.

"집주인이 맡기고 간 건가요?"

"네. 먼 곳에 사는 분이라 저한테 일임을 한 거죠."

문이 열렸다. 희미한 내부가 보였다. 그 속의 정적은 오랫동안 단단

하게 응고된 듯 보였고, 그래서 몸이 밀고 들어갈 수 없을 것 같은 걱
정을 야기했다.

"신은 벗지 않아도 돼요."

두 사람의 구두 소리가 나직이 마룻바닥을 울렸다. 그때마다 허공
에 금이 가며 바스러진 정적의 파편들이 떨어져 내렸다. 소리도 없이.

완전히 빈집이었다. 가구 하나 남아있지 않았다. 모든 가재도구를
빼냈기에, 텅 빈 벽과 천정이 보이는 전부였다. 좁은 거실에는 액자가
걸렸던 못자국과 소파가 놓였던 흠집만이 남아있을 뿐이었다.

"집이 나가지를 않아요. 그래서 집값을 조금씩 내리고 있죠."

커튼이 다 제거됐음에도 실내는 침침했다. 주위의 건물들이 다닥다
닥 붙어있는 탓이었다. 네모난 창틀은 바로 옆 건물의 벽면으로 채워
져서, 마치 창유리에 붉은 벽돌을 바른 듯했다.

단 하나, 세탁실 안쪽에서 희뿌옇게 떨어지는 빛줄기가 보였다. 앙
상한 골조처럼, 기다란 햇살이 창턱에 비스듬히 기댄 채로 녹슬어 있
었다.

"열린 창문이 없는지 봐야 해요. 내일 비가 온다니까."

"오늘 와 보기를 잘했네요."

"그래서 들른 거예요."

그녀는 주방으로 들어가서 수돗물을 틀었다.

"가끔 와서 이상이 없는지 점검해요."

물줄기를 만져본 그녀가 고개를 갸웃했다.

"온수가 나오네?"

"배관이 태양열에 달궈져서 그럴 겁니다."

"아니에요. 온수가 맞아요."

"그럼 보일러를 꺼놓지 않았나 보네."

"그런가 봐요. 어차피 물 쓸 일은 없으니, 뭐."

선반은 문짝들이 다 열렸고, 그 속은 깨끗이 비어있었다. 옹기그릇 하나 들어있지 않은 것이다.

"조금 으스스한데요?"

"그렇죠? 혼자 오면 기분이 묘하더라고요."

"사람이 살지 않는 집은 좀⋯."

"오늘은 든든하네요. 팀장님이 계셔서."

두 사람은 마주 보고 웃었다.

문득 아서는 신혼 때가 생각났다. 아내와 단둘이 살던 신혼집은 비좁고 허름한 월세였다. 하지만 그때보다 행복했던 때는 없었다.

여사장이 작은방으로 들어갔고, 뒤따라 들어가 보니 그녀는 창문을 향해 서 있었다. 들어오는 햇빛을 가로막으며. 때문에 그녀의 실루엣은 광선이 뿜어져 나오는 균열 같았다.

아주 좁은 방이었다. 그녀는 외롭게 서 있었고 쓸쓸해 보였다. 빈 창고에 버려진 마네킹처럼. 뒤에서 안아주고픈 충동과 다가가기 두려운 망설임을 더불어 야기하며.

그러자 그의 눈은 재빨리 그녀의 뒷모습을 위아래로 훑었다. 머리를 묶어 올린 하얀 목덜미, 반듯한 등허리를 지나, 커피색 스타킹에 감싸인 늘씬한 종아리까지.

그것은 묘한 흥분을 일으켰고, 그녀와의 첫 정사를 떠올리게 했다.

"여기서 보니 꽤 고지대군요."

곁으로 가서 그가 창밖을 내려다보았던 것이다.

"네. 시내가 훤히 보이죠."

그리고 둘은 침묵에 빠졌다. 독침에 마비된 것처럼, 어느 쪽도 움직임이 없었다. 상대가 먼저 움직여주기를 기다리듯.

그렇게 이상한 적막이 흘렀고 어색함이 돌았다. 이미 관계를 가진 관계임에도 불구하고. 아니, 그래서 더 어색한지 몰랐다.

불현듯 그녀가 벽에 붙은 스위치를 올렸다.

"전기도 잘 들어오네."

그 목소리에 미세한 떨림이 있었다.

그 움직임을 신호로 아서가 목을 기울여 얼굴을 가까이 댔다. 그녀는 기다렸다는 듯 바로 눈을 감았다. 그리하여 입을 맞출 수 있었다.

아서는 여사장의 허리를 끌어당겨 목살에 키스를 퍼부었다. 그녀는 어깨를 움츠리며 짧은 신음을 토했고, 아서는 치마 속으로 손을 넣어 그녀의 볼깃살을 거칠게 움켜쥐었다.

"못 참겠어. 우리 둘만 있어선가?"

그러자 여사장은 그의 가슴을 밀어냈는데, 그를 거부한 건 아니었다. 창문과 너무 가깝다고 생각했던 것이다.

"다른 건물에서 볼지 몰라요."

"보이지 않아. 어떻게 봐."

그래도 그녀는 그의 손을 밖으로 잡아끌었다.

하지만 거실로 나온 두 사람은 난감함에 빠졌으니, 몸을 눕힐 소파하나 없었기 때문이다. 딱딱하고 차가운 바닥에서 하는 것이 유쾌하지 않다는 걸, 두 사람 다 익히 알고 있었다.

여사장이 주위를 둘러보더니 혼자서 주방으로 걸어갔다. 거기서 치마를 벗어던졌다. 그리고는 대뜸 조리대 위에 걸터앉았다.

아랫도리를 가린 것은 이제 팬츠와 스타킹만이 남아있었다. 그런데 그녀는 그 팬츠마저 조금씩 손으로 벗겨내기 시작했다. 엉덩이를 좌우로 한 번씩 씰룩여서 팬츠를 허벅지로 **빼냈고**, 계속해서 무릎을 지나 발끝으로 밀어냈다. 수명을 다한 허물처럼 팬츠는 피부에서 분리되어 돌돌 말린 채로 바닥에 툭 떨어졌다.

그녀는 서두르지 않았다. 남자를 자극하는 법을 알고 있었다. 마술사가 공연을 하듯, 단계별로 세분화된 동작을 보여줘서 유일한 관객의 넋을 빼놓으려는 것 같았다.

등을 뒤에 기대더니 그녀는 두 다리를 들어올렸다. 아서를 **빤히** 보며 양 무릎을 천천히 좌우로 벌렸다. 검은 스타킹들 사이로 새하얀 살이 열렸다. 그 한복판에는 붉은 장미가 피어있었다. 정확히는 검붉은 색이었으며, 겹겹의 꽃 이파리로 층이 져 있었다. 그리고 그 꽃을 지키려는 듯, 무성한 음모의 가시덤불이 그 둘레를 철통같이 에워싸고 있었다.

그것은 세상에서 가장 탐스러운 과녁이었다.

그녀는 그렇게 다리를 벌리고 앉아서 아서를 기다렸다. 이미 그녀의 손가락은 밑으로 내려가서 자신의 꽃잎을 부드럽게 쓰다듬고 있었다.

과녁을 향해 날아간 화살처럼, 아서의 시선이 그녀의 가랑이에 꽂혔다. 자석에 끌리듯 다가가 무릎을 꿇고 아서는 여사장의 다리 사이에 코를 넣었다. 그리고 숨부터 들이마셨다. 정말로 꽃향기를 맡듯이.

꽃잎을 따먹으려는 듯, 그녀의 음핵을 위아래 입술로 살그머니 깨물었다. 꿀벌이라도 된 것처럼, 혀를 내밀어 그 중심에 고인 꿀을

빨았다.

여사장이 고통스런 소리를 내지르며 미간을 찡그렸다. 하지만 그는 일절 봐주지 않고 그녀의 열린 중심부에 입술을 비벼댔다. 그때마다 여사장은 괴로워하면서 움찔움찔 몸을 떨었다.

하지만 거기까지였다. 갑자기 조급해졌던 것이다. 여사장을 끌어내려 주방의 바닥에 눕히고 위에서 짓누르는 아서였다. 아랫도리를 있는 힘껏 여자의 하체에 밀어붙이기를 반복했고, 그때마다 절퍽절퍽 소리가 났다.

"아… 등이 배겨요."

"조금만, 조금만 참아."

그러던 아서가 돌연 동작을 멈췄다.

"무슨 소리지?"

"뭐가…."

가쁜 숨을 몰아쉬며 그는 귀를 기울였다.

"누가 왔나?"

"어머, 문을 잠그지 않았는데."

재빨리 돌아보니 다행히 현관문은 그대로 닫혀있었다.

두 사람은 부둥켜안은 채로 숨을 죽이고 다음 소리를 기다렸다. 하지만 계속 조용하기만 했다.

"잘못 들었나 보네."

"바람 소리였을 거예요."

"젠장, 거의 다 왔었는데."

그는 여전히 걱정이 되는 듯했다.

"현관문을 잠그고 올까?"

"그냥 해요. 누가 오겠어?"

"집주인이 올 수 있잖아."

"잠가 봤자야. 주인이 열쇠를 하나 갖고 있어요."

"아… 설마 지금 오진 않겠지?"

아서는 굶주린 개처럼 엎드려서 여사장의 음부를 핥아대기 시작했다. 그녀를 흥분시키기 위함이 아니라, 자신의 그것을 다시 세우기 위함이었다.

하지만 곧 그녀를 내려다보며 다급하게 말했다.

"가슴을 보여줘."

재발기가 잘되지 않았던 것이다.

그녀가 반팔 니트의 단추를 풀어서 가슴을 드러냈다.

그는 그 젖가슴을 몇 번 주무른 다음에야 삽입을 했다.

"젠장, 누가 봐도 모르겠네."

베란다며 창문이며 가릴 커튼 하나 없는 것이다.

그렇다고 허리를 멈추지는 않았다.

바로 위에도 창문이 하나 있었다. 그 창문 속에 창문이 들어있었다. 바로 옆집의 창문이었다. 그는 허리를 움직이며 창문을 노려봤다. 누가 보고 있다면, 자신의 시선으로 물리칠 수 있다고 믿는 듯이.

"안에 싸도 돼요?"

"아… 안 돼요. 오늘은."

"그럼 어디다 싸."

문제는 아무것도 없다는 점이었다. 휴지조차 없는 것이다.

"화장실로 가요."

숨을 헐떡이며 아서는 눈을 동그랗게 떴다.

"또 옮겨?"

"물로 씻어내면 되니까."

"화장실이 어디야."

"저기 문."

두 사람은 일어나서 화장실을 향해 거실을 가로질렀다.

우스꽝스러운 광경이었다. 두 성인 남녀가 하체를 드러낸 채 허둥지둥 뛰어가는 모습이란. 둘 다 이렇게 정신없는 정사는 처음이었다.

화장실 안에 작은 욕조가 있었다.

두 사람은 옷을 마저 벗고 욕조 안에 마주 섰다.

그녀의 몸은 살이 많은 편이 아니었다. 그것은 숨길 수 없는 중년의 특징을 고스란히 담고 있었다. 옆으로 툭 불거진 옆구리, 거뭇하게 변색된 허리춤, 엉덩이의 살이 튼 균열, 그리고 좌우로 넓게 벌어진 골반….

아름다우면서도 흉측했고, 역겨우면서도 자극적이었다.

아서는 샤워기를 손에 쥐고 물을 틀었다. 축축하고 따뜻한 느낌에서 하고 싶었다. 아까 주방에서 확인했듯 보일러가 작동했고, 온수가 나오기 시작했다. 온수를 몸에 뿌리려는 순간, 그녀가 기겁하며 막았다.

"잠깐만요. 수건이 없잖아."

"수건?"

"어떻게 말릴 거야. 머리도 젖을 텐데."

"아, 그러네. 그 생각을 못 했네."

수건도 없고, 헤어드라이어도 없었다. 말릴 시간도 없었다.

"손수건."

"차에 뒀어요. 손가방에."

"빈집에서 하려니까 애로사항이 한둘이 아니네."

공간이 협소해서 자세를 취하기도 어려웠다.

아서는 여전히 서 있는 자신의 그것을 내려다봤다.

"이놈을 어떻게 한다?"

여사장이 꿇어앉아 그의 것을 보면서 손으로 해주었다.

타일 바닥에 뿌려진 정액에 샤워기로 물을 뿌렸다.

베란다 유리문 앞에 아름다운 채광이 떨어졌다.

그 속에 드러누운 것은 미지근한 물에 들어간 느낌이었다.

"거칠었어요. 너무 급했고."

마룻바닥에 누워서 마주 본 자세였다.

"지난번은 안 그랬는데."

"어… 오늘은 이상하게 조급해져서."

"환경이 특이해서 그랬나?"

옷은 입지 않았다. 화장실에서 하체를 대충 물로 씻었는데, 그 물기가 저절로 마르기를 기다리는 도리밖에 없었기 때문이다.

"모르는 집에서 하기는 처음이라. 그것도 텅텅 빈 집에서."

"조금 불안하긴 했어요. 누가 들어올까 봐."

"그게 더 스릴을 줬던 것 같아요. 묘하게 흥분이 되더라고."

중개소 여사장이 빙긋이 웃었다.

"지금 집주인이 저 문을 열고 들어오면 뭐라고 할까?"

아서도 미소가 나왔다.

"기가 막혀서 아무 말도 못 하겠죠."

생각할수록 우스운지 그녀는 또 웃었다.

"고소를 할지 몰라요. 집을 팔아달라고 맡겨놨더니 웬 남자랑 홀랑 벗고 누워있으니."

"집에 손상을 끼치지는 않았잖아요. 수돗물 조금 쓴 거 빼고는."

햇볕이 점점 넓게 퍼져서 두 사람의 나신을 완전히 덮었다.

그 영롱한 햇빛의 사각형은 적당한 온기를 품고 있었다. 그래서 얇은 담요를 덮은 듯했고, 나른한 졸음이 몰려왔다.

"잠들면 안 되는데…."

"오늘 같은 경험 있어요? 특별한 장소에서 한 거."

"음, 차 안에서 해본 적 있어요."

"부인하고요?"

"부부가 차 안에서 할 까닭이 있나?"

"그럼 누구랑?"

"내 친구들한테는 절대로 말 못 하는 비밀인데."

"더 궁금해지네."

"친한 친구의 여동생을 우연히 만났어요."

잠시 뜸을 들이다가 입을 여는 아서였다.

"많이 예뻐졌더라고. 어릴 때는 거들떠보지도 않았는데. 걔가 나를 좋아했었거든."

"여자애들은 자라면 달라져요."

"그렇더라고. 성인이 되니까 매력적이고 육감적이고… 솔직히 뿅 갔죠. 그래서 몇 번 만났지."

아내에게는 못 할 얘기도 그녀에게는 편하게 할 수 있는 것이다.

"한 번은 차 안에서 하게 됐지. 처음엔 그냥 스킨십 정도였는데, 하다 보니 어느새 떡을 치고 있더라고. 한창 뜨겁던 총각 때라."

"차 안에서 하면 다른가?"

"하지 마요. 엄청 불편해. 그냥 침대나 소파가 최고야."

"팀장님 차였어요?"

"네, 싸구려 중고차. 아내를 만나기 전이었고. 나중에 그 차에서 아내랑 데이트를 했지."

"그럼 그 친구분 여동생이랑은 헤어졌군요."

"그렇게 됐어요."

"계속 만나시지 왜…"

"나는 총각이었지만, 그 애는 결혼 3년차였어요. 결혼을 일찍 했더라고. 게다가 그 부부한테 임신 계획이 있던 터라."

"그럼 안 되죠."

"마지막에 그런 말을 하더라고. 오빠를 잊기 위해 만난 거라고."

그는 엎드려 턱을 괴고 물끄러미 베란다를 응시했다.

푸르스름한 채광이 베란다 유리문에 가득 차올라 있었다. 그래서 베란다는 물이 담긴 대형 수조 같아 보였다. 빛이 더 차면 유리가 갈라지며 물이 쏟아져 나올 것 같은 위기감을 주는 것이다.

"이런 여유, 참 오랜만이다."

"맞아요. 기분 좋아."

"꼭 모래사장에서 일광욕하는 느낌이야."

그렇게 마냥 있었다. 한 사람은 누워서. 한 사람은 엎드려서.

아서가 물었다.

"첫 관계를 언제 했어요. 어려운 질문인가?"

"그건 왜요."

"그냥 궁금해서. 남자들끼리는 그런 얘기 하거든요."

"언제 했더라? 기억하기 싫은 건지, 가물가물하네."

한 장의 투명하고 화사한 햇살이 그녀의 얼굴에 드리워져 있었다. 마스크 팩을 붙인 것처럼.

"중학생 때였어요. 좀 빨랐죠."

눈가의 잔주름마저 찬연하게 반짝이는 것이다. 그래서 그녀는 처녀만큼 젊어 보였고, 시간조차 지우지 못한 아름다움으로 빛났다.

"어른한테 당한 거는 아니었고. 내 친구는 과외 선생이랑 했지만."

"기회만 오면 그때 다 하더라고. 기회가 없었을 뿐이지."

"성에 눈 뜰 때니까요."

"호기심은 왕성하고, 뒷감당은 모르고."

"같은 반 남자애였어요. 키스도 걔랑 처음 했는데. 어색하고 서툴렀죠. 둘 다 아무것도 몰랐으니까."

그녀가 살아온 삶의 단면이 아로새겨져 있었다. 그 어떤 설명보다 적나라하게. 그 건조한 미소 속에.

"제대로 한 것도 아니었어. 근데 피가 났더라고."

점점 더 깊숙이 햇볕이 들어왔다. 대신에 희미해지며.

가라앉은 목소리로 아서가 중얼댔다.

"물기가 다 말랐어요."

"이러고 있을 때가 아니야."

여사장이 억지로 하듯이 몸을 일으켜 세웠다.

"바닥을 좀 닦아야겠어요. 땀이 떨어져 얼룩이 졌던데."

"뭐로 닦게요."

"아, 그게 문제네."

햇빛이 너무 강해서 하얀 사막을 걷는 듯했다.

그 눈부신 광휘 속에 차들이 달리고, 은빛 모래로 쌓은 집들이 있고, 신기루 같은 구름이 떠 있고, 무지개처럼 육교가 걸려있는 것이다.

"날씨 좋다."

"미세먼지도 없고."

하늘은 거대하며 투명했다. 우주 끝까지 뚫려있는 구멍처럼.

"차를 바꾼다고?"

"지금 받으러 가는 거야. 미리 봐둔 차가 있걸랑."

일요일이라 행인들의 표정은 여유로웠다.

두 사람도 그랬다. 발걸음이 깃털처럼 가벼웠다.

"돈 좀 벌었나 보네?"

"중고라니깐."

하면서 L은 투덜거렸다.

"내무장관께서 인가를 안 해주니 어쩌겠어."

"항상 거기서 걸려."

"남자는 가오로 사는 건데 말이야. 여자들은 이해를 못해요."

"차가 잘 나가면 되지, 가오는 무슨."

"마누라랑 똑같은 말을 하네."

"새 차 같은 중고를 사."

"새 차 같은 중고는 새 차 값이야."

여하튼 기분은 상쾌했다. 휘파람이 절로 나왔다. 친구랑 걷는 것처럼 마음 편한 일은 없는 것이다. 개구쟁이 시절로 되돌아간 기분이었다.

"여기서 건너야 해."

중고차 매장에는 새 주인을 기다리는 차들이 즐비했다.

차는 다 준비돼있었다. 고급형 중형차였다.

차 키를 받아들고 L은 어린애처럼 기뻐했다.

"어때. 상태 좋지?"

"거의 새 차급인데?"

"고르고 골라서 산 거다."

차를 몰고 도로로 나왔다.

"승차감 끝내준다. 남자가 이 정도는 몰아줘야지."

친구가 좋아하니 아서도 기뻤다. 살면서 이렇게 신나는 일이 얼마나 될까. 어쩌면 차를 산 게 아니라, 그런 기분을 산 것일지 몰랐다.

"주유소 좀 찾아봐. 셀프 말고."

"기름이 없어?"

"내가 말이야. 이런 고급 차 타고 주유소 가서 기름 넣는 게 소원이었걸랑. 폼 잡으면서 말이야."

그리고 L은 핸들을 툭툭 쳤다.

"이젠 누구도 나를 무시하지 못한다!"

"뭔 말이야. 누가 너를 무시해."

"차가 좋아야 대접받는다는 얘기야."

배기량이 커선지 힘이 넘쳤다. 밟는 대로 쭉쭉 나갔다.

"오, 죽이는데."

"달려라, 달려!"

차가 한강 대교로 들어섰다. 강물 위를 거침없이 달렸다.

L이 창문을 모두 열었고, 시원한 강바람이 휘몰아쳐 들어왔다. 머리칼이 흩날리며 시야를 어지럽혔다.

아서는 눈을 가늘게 떴다. 바람결에 지나는 것들을 포착하기 위해서였다. 모든 것이 빨랐다. 그림자가 치달렸다. 난간의 형태가 흐려졌다. 철제 기둥들이 휙휙 지나갔다. 그 사이로 한강의 수면이 나타나고 사라졌다. 그런데 그 수면만은 여전히 느린 속도로 흐르고 있는 것이다.

그때 뭔가 길고 거무스름한 것이 물속에 어리비치는 것이 보였다.

"고래 같은데…."

"뭐라고?"

"고래가 있는 거 같아. 저기 물속…."

"고래가 한강에 왜 있어."

"그러게. 고래가 어떻게 민물에 살고 있을까."

라고 아서는 멍하니 두 눈을 깜빡이며 중얼댔다.

"그냥 물결이겠지. 어제 막내가 그림책을 보더라고. 그게 아마…."

눈앞에서 그림책이 열리는 것 같았다. 깊은 물속에서 고래가 올라왔다. 숨을 쉬기 위해. 하지만 언제나 도피는 짧았다.

어느새 고래는 컴컴한 물속으로 다시 내려가고 있었다.

I-4

마트 사장이 직원을 불렀다.

"이거 싹 치워버려."

"지금요?"

"그래."

"하던 거 마치고 할게요."

사장이 인상을 썼다.

"내가 항상 말했지. 뭐든지 즉각 하라고."

직원은 슬쩍 한숨을 쉬었다.

"알겠습니다."

"뭐가 급한지 생각하란 말이야. 설렁설렁하지 말고."

뒤에서 지켜본 세영이 혼잣말로 중얼댔다.

"저놈의 성질머리."

"영감은 다 좋은데, 성격이 급해서 탈이야."

유니폼을 벗어서 옷걸이에 걸었다.

"대형 마트는 일하기 편한가?"

"왜. 대형 마트로 옮기게?"

"그냥 물어본 거야."

Y는 거울 속의 앞머리에 노란 핀을 꽂았다.

"내가 대형 마트에서 일했었잖아."

"그랬어?"

"젊어서. 판매원으로."

그리고 Y는 거울을 통해 세영을 보면서 어깨를 으쓱했다.

"기억이 좋지 않아. 남자 직원들 중에 몇몇 놈들."

립스틱을 바르며 얘기했다.

"물건을 가지러 창고에 가면 놈들이 지나가면서 내 엉덩이나 가슴을 툭 치는 거야. 처음에는 우연히 부딪친 줄 알았어. 그런데 나중에는 노골적으로 내 몸을 만지더라고."

세영이 성난 얼굴로 돌아봤다.

"뭐야? 그걸 가만뒀어?"

"그때는 미투도 없었고, 나는 너무 어렸고, 어디 가서 말하기도 무섭고. 그냥 눈치껏 피해 다녔지 뭐."

"개새끼들."

"개새끼들 많아."

마트를 나와서 세영은 차를 태워달라고 부탁했다.

그러나 Y는 선약이 있다며 미안해 했다.

"나 요즘 댄스 학원 다니잖니."

애인이랑 춤을 배우러 다닌다는 얘기였다.

"아는 사람이 보면 어쩌려고."

"그래서 조금 먼 데로 끊었지."

하면서 Y는 킥 웃었다.

"너무 재밌어. 거기서는 우리가 진짜 부부처럼 행세하거든. 서로 냉담하게 대하고, 티격태격하기도 하고. 진짜 부부는 그렇잖아."

"그래도 다들 알걸?"

"우리가 연기력이 되잖니. 춤도 재미있지만, 진짜 부부처럼 연기하는 것도 너무 재미있는 거 있지?"

주차장을 걸으며 그녀는 계속 신이 나서 재잘댔다.

"내가 놀란 게, 우리 같은 가짜 부부 꽤 있다? 그 사람들은 대놓고 해. 우리처럼 숨기지도 않아."

세영이 톡 쏘아붙였다.

"아휴, 참 잘하는 짓들이다. 그게 자랑이니?"

하지만 Y는 명랑하게 대꾸했다.

"상관없어. 난 무조건 인생을 즐길 거야."

할 수 없이 세영은 남편에게 전화했다.

다행히 남편은 퇴근길이었고, 20분 안에 도착할 거라고 했다.

세영과 아서는 학원 상담실에 들어가 앉았다.

온통 하얗게 시공된 방이었다.

잠시 후, 얼굴이 하얀 남자가 들어와 앉았다. 학원 선생이었다. 인상이 스마트했고, 나이는 젊어 보였다.

"우리 애가 수학을 포기하겠다고 해서요."

용건을 꺼내는 세영의 얼굴에는 근심이 가득했다.

"그 시간에 다른 과목을 하겠다는 거예요."

학원 선생은 노트북을 들여다보며 말했다.

"수학 성적이 좀 저조하긴 하군요. 걱정이 많으시겠어요."

"아휴, 답답하죠. 고등학교 수학까지 이어지는 건데."

"맞습니다. 수학은 배점이 커서, 수학을 포기하면 수능에서 손해가 커요."

"제 말이 그 말이에요."

그러자 학원 선생은 상냥한 얼굴로 세영을 마주 봤다.

"그럼 반포를 하시죠. 완포 말고."

세영은 시선을 피하면서 물었다.

"반포… 그게 뭐에요?"

"절반만 포기하는 겁니다. 어려운 문제만 나오는 건 아니거든요. 쉬운 문제도 일정 비율 나오기 때문에, 쉬운 문제를 맞혀서 단 얼마라도 점수를 얻는 전략이죠."

"그러니까 어려운 문제는 포기하고 쉬운 문제 위주로…"

"맞습니다."

옆에서 아서가 끼어들었다.

"우리 애는 쉬운 문제도 풀기가 어려운가 봐요. 그러니까 아예 포기하겠다는 거겠죠."

"풀이 과정만 외워도 맞힐 수 있는 문제들이 있습니다."

무슨 남자가 웃을 때마다 보조개와 눈웃음이 동시에 생겨나는 것이다.

"너무 걱정하지는 마시고요. 초급반으로 옮기는 게 좋을 것 같습니다. 거기서는 쉬운 문제 위주로 풀거든요."

키가 커서 팔다리가 길쭉하며, 손가락까지 길었다. 그 길고 하얀 손가락으로 키보드를 두드리는데, 그 동작이 감미롭고 섬세했다.

세영은 자기도 모르게 귓가의 머릿결을 넘기면서 물었다.

"그럼 고등학교 가서도 도움이 될까요?"

학원 선생은 다시금 환한 미소와 상냥한 음성을 보내왔다.

"어느 정도는 따라갈 수 있을 거예요. 지금 포기하면, 대입 수학은 눈 감고 찍는 수밖에 없는 거고요."

수업을 마친 첫째를 기다려 차에 태웠다.

뒷좌석에 함께 앉아 세영은 아이를 설득하기 시작했다.

"선생님 말씀이 옳은 것 같아. 수학을 아주 포기하는 건 위험해."

상담실에서 들었던 내용을 열심히 설명했다.

"쉬운 문제는 풀 수 있잖니. 풀이를 달달 외워서라도."

차는 어두운 밤길을 달려서 집으로 가고 있었다.

"학원 선생님 인상이 참 좋으시더라."

운전석의 아서가 한 말이었다.

"여학생들한테 인기가 많으시겠어."

세영은 관심 없다는 듯, 아이에게 재차 물었다.

"네 생각은 어때?"

아들이 고개를 끄덕이는 것을 보고서 세영은 안심이 됐다.

비로소 뒷좌석에 기대어 휴식을 취할 수 있었다.

네온사인이 꺼졌다. 가로등이 꺼졌다. 도로가 없어졌다. 남편이 없어졌다. 아이가 없어졌다. 세상 모든 것이 지워지고 없었다. 그 남자와 단둘이만 남은 것이다. 그리하여 그 남자가 자기만을 보고 있었으니, 그 표정은 다정하며 눈웃음은 매혹적이었다.

그 남자를 생각하고 있는 자신을 발견하고 세영은 흠칫 놀랐다. 물에 젖듯 자기도 모르게 스며든 생각이었다. 그 앞에서 가슴이 뛰었던 기억, 하얀 와이셔츠 소매를 빠져나온 잘생긴 손, 키보드를 부드럽게 스치던 길고 섬세한 손가락들….

"여보. 가다가 치킨 사 갈까?"

"…."

"안 돼?"

그 끌림, 그 당혹감, 그 설렘….

하지만 오래 생각하면 안 되었다. 짧은 시간이라야 어쩔 수 없는 본능으로 치부할 수 있지만, 그 이상은 불순한 의도가 되는 것이다.

그 느낌을 몰아내려고 세영은 어린 아들을 돌아봤다.

"내일부터 초급반으로 가. 알았지?"

그러자 아이는 난색을 표했다. 학원에 단짝이 있는데, 그 애랑 떨어지기 싫은 모양이었다.

"그럼 함께 가든가."

"걔는 수학을 잘한단 말이야."

세영은 과도하게 화를 냈다.

"지금 친구가 문제니?"

우거져서 축축 늘어진 버드나무 아래로 강물이 흐르는 것이다.

녹음이 내리비치고 스며들어 수면은 진한 녹색이었다. 물결이 너무 잔잔해서 물이 흐르다 말고 잠시 멈춰서 있는 것만 같았다.

남한강의 작은 지류라는데, 그래선지 물의 폭은 넓지 않았다. 부끄러워 쓰개치마로 얼굴을 가린 새색시처럼, 울창한 수림에 폭 파묻혀서 다소곳이 흐르는 강줄기였다.

맞은편 강가에는 물에 잠긴 바위들이 있고, 그 위로는 산비탈이 완만하게 올라갔다. 청포도알처럼 몽글몽글 덩어리진 수풀 뭉치가 알알이 박혀있어서, 산 전체가 마치 하나의 커다란 포도송이 같았다.

"기가 막힌 절경일세."

"끝내주지?"

"이런 비경이 숨어있었다니."

그랬다. 너무 아까워서 누가 보지 못하도록 푸른 비단에 꽁꽁 싸매놓은 것만 같았다. 구불구불하고 좁은 찻길을 비집고 들어가야 그 숨겨진 비경을 발견하고 감탄할 수 있는 것이다.

바로 그 강가에 세워진 작은 식당이었다. 중년 부부가 운영을 하는데, 남편이 물고기를 잡아오면 부인이 요리를 해서 내놓았다.

"밖에서 먹지, 뭐."

식당 앞에 좌판이 놓여있었다.

"안에서 먹는 것보다 훨씬 운치가 있네."

나무 그늘 밑이라 시원하고, 바로 옆으로 강물이 흘러서 아름다운 풍광을 감상하며 식사할 수 있는 것이다.

"아는 사람만 아는 데야. 내가 그 중의 하나인 거지."

이어서 얼굴이 붉은 상무는 세영을 쳐다봤다.

"어떻게, 마음에 드십니까?"

"나쁘지는 않네요."

박한 평가와 함께 세영은 주변의 풍경을 둘러봤다.

"여긴 더 개발이 되지 말아야 할 텐데."

"나중엔 다 개발됩니다. 식당들도 우후죽순 들어설 테고요. 돈이 된다면 다 하니까. 이 아름다운 자연도 곧 작살이 날 겁니다."

"그 전에 오기를 잘했네요."

"네. 그 전에 실컷 눈 호강을 하십시오."

그때 Y가 뭔가를 가리키며 호들갑을 떨었다.

"어머, 저것 좀 봐. 저게 무슨 새야?"

멀리 한 쌍의 새가 보였다. 두 마리가 앞서거니 뒤서거니 강물 위를 유유히 날아가고 있었다.

온몸이 하얗고 몸집이 컸다. 목은 가늘고 길었으며, 날개를 젓는 동작에 여유와 기품이 있었다. 그것은 오로지, 가끔씩 한두 번만 퍼덕여도 계속 날 수 있을 만큼의 넓은 날개를 가진 덕택이었다.

"그림이 따로 없네."

물안개가 피어오르는 수면 위를 미끄러져 날아가는데, 어찌나 우아한지 바람에 펄럭이는 새하얀 모시 천을 보는 듯했다.

"이름을 알 것 같아. 두루마리."

라고 Y가 아는 체를 했다.

"두루마리? 두루마리 화장지?"

"아, 헷갈렸다. 두루마리가 아니라⋯."

"그럼 뭔데."

"두루마리가 아니라⋯ 아, 두루마기!"

그러자 상무가 얼른 또 해박함을 드러냈다.

"저기, 두루마기는 옛날 조상님들이 입던 긴 외투를 말합니다."

"나도 알아요. 안다고요, 두루마기."

그렇게 예쁜 눈을 깜빡이며 Y는 물러서지 않았다.

"그래서 저 새의 이름이 두루마기가 된 거에요. 그 하얀 두루마기 옷을 닮았다고 해서, 그래서 그렇게 이름이 붙여진 거라고요."

보다 못한 세영이 나섰다.

"두루미겠지. 두루마기가 아니라."

"두루미? 그런가?"

"두루마리도 아니고, 두루마기도 아니고, 두루미!"

"그래, 맞다. 두루미. 어떤 인간이 이름을 헷갈리게 지어놨어."

그리고 Y는 지레 역정을 냈다.

"칫! 두루미나 두루마기나, 한 끝 차이구먼."

그냥 넘어가 줄 세영이 아니었다. 어김없이 타박을 놓는 거였다.

"학교에서 잠만 잤니? 우리말도 몰라?"

"참 잘났다. 유식이 밥 먹여주냐?"

"밥 먹여줘. 유식해야 취직이 돼."

Y의 애인까지 웃음을 참지 못하고 키득거렸다. 그 바람에 Y에게 호

된 린치를 당했지만.

세영은 그 모든 상황이 즐거웠다. 사람들과 함께 있으면 마음이 편했다. 사람들과 어울려 웃고 떠드는 분위기가 좋았다.

반대로 혼자 있는 것은 싫었다. 하지만 먹고 사느라, 아이들 육아에 빠져서, 이런 시간을 많이 가지지 못했을 뿐이었다.

마침 식당 주인이 주문한 음식을 내오기에 새의 이름을 물어봤다.

"저 하얀 새가 두루미 맞죠?"

식당 주인의 대답은 아니었다.

"제가 듣기로는 백로라고 하던데요?"

"두루미랑 백로는 다른가요?"

"약간 다른 거로 아는데, 저도 확실히는 모릅니다."

"정확히 아는 사람이 없네."

그래도 식당 주인의 말을 믿기로 했다.

"온통 하얀 거로 봐서는 백로가 맞아."

"틀리면 어때. 누가 잡아가는 것도 아니고."

다시 보니 그 백로 한 쌍은 가까운 물가에 내려앉아 있었다. 그 기다란 다리로 얕은 물을 밟으며 다정하게 걸어 다니는 것이었다.

"둘이 참 사이가 좋다."

"부부겠지?"

"그건 모르지. 우리처럼 바람난 것일지도."

"맞아. 부부는 저렇게 살갑지 않아."

세영이 일침을 놨다.

"쟤네들은 바람 안 피워요. 평생 절개를 지킨다고요."

남자들이 서로를 쳐다봤다.

"그럼 쟤네들은 짝이 죽으면 그냥 혼자 사나?"

"그럴걸? 아마?"

"사람보다 낫네. 평생에 딱 한 번만 사랑을 하는구나."

그때 Y가 젓가락을 손에 쥐고 뇌까렸다. 누가 뭐란 것도 아닌데 제
풀에 언성을 높인 것이다.

"난 그렇게 못 살아. 죽은 사람 때문에 산 사람이 왜 희생을 해?"

세영이 나직이 일렀다.

"죽은 사람 때문이겠니. 자식들 때문이지."

"자식이 뭔데. 자식은 크면 끝이야. 자식이 내 인생을 책임져? 절대
아니야."

Y의 애인이 화제를 바꾸려는지 얼른 매운탕을 떠먹었다.

"이야, 맛 죽인다. 기가 막혀."

"쏘가리야?"

"응. 바로 잡은 건지 싱싱해. 먹어봐."

식사를 마치고 세영은 상무와 단둘이 남았던 바, Y커플이 어디론
가 사라져버렸기 때문이었다.

멋쩍게 있다가 상무가 산책을 가자고 했다.

버드나무 강변을 걸었다.

"바닷가는 걸어봤는데, 강가는 처음인 것 같아요."

"강가도 좋습니다."

"그러네요."

그리고 또 침묵이 이어졌다.

세영은 그저 조용히 쉬고 싶을 뿐이었다. 얼마 만에 느껴보는 삶의 여유인지 몰랐다. 잠시나마 가족과 분리돼서 맛보는 해방감이었다.

"이런 데서 살면 좋겠습니다."

"살고 싶지는 않아요."

라고 세영은 쌀쌀맞게 대꾸했다.

"사는 것은 보는 것과 다르죠."

"아, 그런가요?"

"여기서 살지 않으니까 여기가 좋은 거죠. 여기가 삶의 터전이 된다면, 글쎄요, 여기를 좋아할 수 있을까요?"

"세영 씨는 가끔 보면 예리한 면이 있어요."

조금 더 걷다가 상무가 댄스 학원에 다니자는 제안을 했다. Y 커플이 다니는 댄스 학원을 말하는 성싶었다.

"죄송하지만 저는 별로 생각이 없어요."

"긍정적으로 생각하시죠. 건강에도 좋은데."

"저는 춤치에요. 춤을 좋아하지도 않고요."

하지만 상무는 계속 권했다.

"다녀봅시다. 사교 댄스는 친목을 다지는 건전한 취미입니다?"

세영이 낮고 강하게 일렀다.

"두 번 말하는 거 싫어해요."

그 말에 놀랐는지 상무는 바로 입을 닫았다.

걸음을 멈추고 두 사람은 맞은편 수면을 응시했다. 숲이 어리비쳐서 흡사 나무들이 물속에서 거꾸로 자라고 있는 것만 같았다.

"전 그냥 세영 씨랑 같이 다니고 싶어서…."

"신경 쓰지 마세요. 제 말투가 원래 그래요."

"그게 세영 씨 매력이죠."

"아휴, 이 나이에 매력은 무슨."

그러자 그는 자기 일처럼 화를 냈다.

"왜 그런 말씀을 하십니까? 세영 씨가 어때서요. 아직 젊으십니다?"

세영은 고개를 돌려가며 백로를 찾아보던 중이었다.

"고맙죠. 그렇게 생각해주시면."

그때 뭔가가 그녀의 손에 닿았다. 상무의 손이었다.

그가 스리슬쩍 그녀의 손을 잡은 것이다. 세영은 놀라서 손을 뺐으나, 그가 힘을 주는 바람에 뽑아내지 못했다.

잠시 기다렸다가 그녀는 조용히 일렀다.

"손 좀 놔주시겠어요?"

상무는 천연덕스럽게 앞만 보며 말했다.

"저는 좋은데요. 세영 씨 손을 잡으니까 가슴이 떨립니다."

"정말 죄송한데요. 저는 싫거든요."

그제야 그가 손을 놓았다. 그리고 이해할 수 없다는 투로 그녀를 쳐다봤다. 자존심이 긁힌 얼굴로.

"이제는 가까워질 때가 됐잖습니까."

그 붉은 안색이 더 붉어졌다.

"우리가 한두 살 어린애도 아니고."

"뭔가 오해가 있으신 것 같네요."

그리고 세영은 휙 뒤돌아 걸었다.

뒤에서 따져 묻는 음성이 쫓아왔다.

"그럼 왜 만나는 겁니까?"

"…."

"도대체 왜, 이 자리에 나오는 건데요. 네?"

세영은 황급히 그 자리를 벗어났다.

Y의 애인이 모는 차를 타고 귀경길에 올랐다.

상무는 따로 자기 차를 타고 떠났다.

세영은 뒷좌석에 앉아 생각에 잠겼다. 기분이 좋지 못했고, 어디서부터 잘못된 것인지 알고 싶어 했다.

"상무님 말이야. 네가 마음에 드는 눈치던데."

Y였다.

"톡 쏘는 매력이 있다나?"

"아휴, 취미도 별나시다."

"한번 잘해봐."

"뭘 잘해봐."

운전 중이던 Y의 애인이 말을 받았다.

"좋은 친구예요. 돈도 잘 쓰고."

"…."

"그 친구가 세영 씨보다 대여섯 살 많죠? 그 정도가 좋아요. 말이 통하고, 속궁합도 좋고."

세영은 눈을 감고 듣기만 했다.

"데이트 비용은 그 친구가 낼 겁니다. 맛있는 거 사 달라고 하세요. 가끔은 선물도 받으실 테고. 크게는 못해도, 그 정도는 가능한 친구예요."

"난 애인 만들 생각 없어요."

"남편은 부족한 점 없어요? 누구나 허전함을 느끼잖아요."

"…"

"세영 씨. 사람의 부족은 다른 사람으로 채우는 겁니다. 그 수밖에 없어요. 사람은 바뀌지 않거든요. 괜히 바뀌기를 기다리다가 늙어 꼬부라지면, 그때 가서 후회한들 시간이 돌아옵니까?"

도중에 휴게소에 들렀다.

두 여자는 파라솔 아래 앉아서 음료를 사러 간 남자를 기다렸다.

"상무님, 별로야?"

라고 Y가 은근히 물어왔다.

세영은 하품을 하고 나서 답했다.

"남자로 보이지가 않아."

"남편 외에는 남자가 아니다?"

"얘는. 남편이 남자니?"

"그래. 남편은 더 이상 남자가 아니지."

그리고 Y는 세영을 놀리듯 흘겨봤다.

"남자를 원하기는 하네?"

"남자야 항상 원하지."

그리고 둘은 킥킥 웃었다.

"말동무라더니, 말동무가 아니더라고."

"너도 참 순진하다. 남자랑 말동무가 돼?"

"그러게."

"남자랑은 몸으로 말하는 거야."

마실 것을 들고 오는 Y의 애인이 보였다.

Y가 재빨리 물었다.

"다른 남자 알아봐 줘?"

"됐어."

그리고 세영은 말했다.

"남자 만날 시간 없어."

"마트 직원들이랑 어디를 그렇게 돌아다니는 거야."

라고 아서가 한 마디 했다.

"그 마트는 툭하면 단합회를 가나?"

"어쩌다 한 번 가지고!"

그렇게 세영은 역정을 냈다.

"나는 자유도 없니?"

그 말에 아서는 말문이 막혔는지 뒤통수를 긁적였다.

"밥은 먹었어?"

"대충."

"라면 끓여줘?"

"됐고. 거기 앉아봐."

그리고 그녀는 목소리를 낮췄다. 첫째 애한테 영어회화 교습을 시켜주고 싶다는 얘기였다. 그것도 일대일 과외로.

"원어민? 비싸지 않겠어?"

"한 달에 70만 원. 일주일에 2번."

"70만 원?"

"그보다 비싼 것도 있어."

"일주일에 겨우 2번인데…."

"원어민이야. 일대일이고."

"그룹으로 하는 것도 있을걸? 조금 저렴하게."

"집중 케어가 안 되잖아. 효과가 달라."

그렇게 세영은 밀어붙였다.

"선생님이 캐나다 사람이래. 국적에 따라서 가격대가 다른가 봐."

하지만 빡빡한 형편에 매달 70만 원은 작은 부담이 아니었다. 그 돈을 어디에서 충당하란 말인가? 돈이 하늘에서 뚝 떨어지는 것도 아니고.

그런 표정의 남편에게 세영은 못을 박았다.

"내 근무 시간을 늘릴 거야. 당신 용돈을 줄일 거고."

"그 여자는 시장에서 만두를 만들어 팔았죠. 잘 팔렸어요. 돈을 꽤 벌었죠. 만두에 속을 아낌없이 넣었으니까. 왕만두가 속이 꽉 찼고,

재료도 신선했어요."

얼굴이 붉은 상무는 계속 말했다.

"돈을 버는 건 간단해요. 투자를 아끼지 않으면 돼요. 쓰는 돈은 아끼고. 하지만 사람들은 거꾸로 가죠. 투자는 하지 않고, 돈을 쓰려고만 들죠. 결국에는 쪽박을 차죠."

세영은 그 자리가 불편했다. 괜히 나왔다는 생각이 들었다.

스크린 골프장이었다.

Y 커플은 스크린 앞에 나가서 몸을 밀착한 채 낄낄거리고 있었다. Y가 골프채를 잡고, 뒤에서 그녀의 애인이 자세를 교정해준다는 핑계로.

"히프를 조금 뒤로."

"이렇게?"

"그렇지. 허리 더 숙이고."

"뭐야. 이게 뭐하는 자세야."

"어허, 선생님 말씀 들어야지. 그래야 선생님 기분이 좋지."

"선생님 좀 바꿔주세요. 선생님이 엉큼해요."

실컷 웃다가 소파로 돌아온 그들은 냉장고에서 음료수를 꺼내 마셨다.

"우리 넷이서 골프 치러 다닙시다."

세영의 반응은 시큰둥했다.

"칠 줄 몰라요."

"가르쳐 드릴게요."

"골프채 없어요."

"빌리면 됩니다."

상무도 세영의 눈치를 살피며 거들었다.

"필드 나가면 기분 전환 되고 좋습니다."

그는 아직도 세영에 대한 미련이 있는 듯했다.

세영은 그와 시선을 마주치지 않고 말했다.

"드릴 말씀이 있어요. 저는 그만 빠질래요."

모두를 침묵시키는 말이었다.

"그 얘기를 하려고 나온 거예요. 그동안 즐거웠어요."

Y의 애인은 간곡한 어조로 말했다.

"세영 씨가 빠지면 좀 그래요. 셋이 다닐 수는 없잖습니까."

"원래대로 그냥 둘이 다니세요. 그게 최고지 뭘."

"넷이 다닐 때의 재미가 또 있거든요."

"넷이 딱 좋아. 마음만 맞으면."

옆에서 아이스크림을 핥아먹던 Y였다.

"상무님이 너를 다시 봤으면 하시더라."

"왜 나 같은 할망구를 찾아? 젊은 여자 만나라고 해. 남자들은 젊은 여자 좋아하잖아."

Y의 애인이 씩 웃었다.

"젊은 여자는 비싸죠. 비용이 많이 들어요."

"그럼 저는 유통기한 지나서 반값이고요?"

"아, 그런 뜻은 아닙니다. 세영 씨가 왜 유통기한이 지났습니까?"

"유통기한 임박이죠."

"아닙니다. 여전히 쌩쌩하고 따끈따끈한 신상이십니다."

그에게 좋은 게 딱 하나 있다면, 항상 웃는 낯이라는 점이었다.

"세영 씨도 좀 즐기면서 사세요. 결혼은 결혼대로, 연애는 연애대로."

특유의 붙임성으로 설득을 이어갔다.

"제가 살아보니까, 결혼으로는 채울 수 없는 갈증이 있더라고요. 반대로 연애로는 얻을 수 없는 부분도 있고. 안정감이라든지."

"…."

"그러니 결혼도 필요하고, 연애도 필요한 겁니다. 둘 다 누려야죠."

"말씀은 그럴싸한데, 결혼을 했으면 연애는 포기해야죠."

"결혼에는 끝이 있어도, 연애에는 끝이 없습니다."

세영은 짜증이 났다. 한번 싫어지면 같이 있기도 싫어지는 성격이었다.

"제가 너무 순진하게 생각했던 거 같아요. 그렇게 이해하세요."

"까놓고 말해, 우리가 어린애는 아니잖습니까? 사춘기 애들도 아니고요. 다 큰 어른들이 소꿉장난이나 하려고 만나겠습니까."

커다란 덩치로 애교스럽게 덧붙이는 것이었다.

"넷이 모여서 놀러 다니고, 맛있는 거 사 먹고, 얼마나 재미있고 좋습니까. 가끔은 화끈하게 회포도 풀고."

결국 세영은 인상을 찡그리고 말았다.

"아휴, 됐어요. 그렇게 안 살아도 돼요."

벤치에서 벌떡 일어났다.

"다음부터는 마트로 찾아오지 마세요. 깜짝 놀랐네."

그러자 Y가 세영에게 따지듯 말했다.

"모임 하나 만들면 좋잖아."

화가 난 음성이었다.

"해외 여행도 다닐 거야. 너랑 가면 남편도 믿어줄 테고!"

세영은 두 사람을 가만히 내려다봤다.

"다들 가정이 있잖아요."

Y의 애인이 세영을 물끄러미 올려다봤다.

"여기서는 그런 거 따지는 거 아닙니다."

왜 그런 바보 같은 얘기를 하느냐는 표정이었다.

"여긴 무조건 엔조이예요. 엔조이."

제2부

떨림

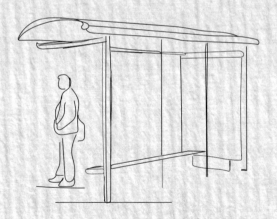

2-1

"커피 한 잔 타 드릴까요?"

"아니야. 내가 할게."

"제 커피 타는 김에요."

"그럼 좋지."

그러면 옆에서 반드시 끼어드는 소리가 있다.

"내 거도 타주라. 하는 김에."

사무실에서 종종 반복되는 일상이었다. 그 익숙한 편안함이 좋았
다. 그리고 그 모든 익숙함에는 모종의 안식이 들어있었다.

"견본을 보내달라고 했습니다."

"카탈로그도 보내라고 해. 이거는 지난 거잖아."

"별로 바뀐 게 없다고 해서…."

"새 카탈로그가 없대?"

확인해보지 않고 대강 했다는 사실을 알고 있었다. 그런 경향이 있
는 친구였다. 잘 고쳐지지 않았다.

하지만 핏대를 세워가며 뜯어고칠 생각은 없었다. 언제 그만둘지
몰랐기 때문이다. 기껏 일을 가르쳐서 쓸 만해지면 어느 날 갑자기
출근을 하지 않는다. 그런 젊은 사원들이 비일비재했다.

커피를 마시면서 아서는 오늘의 일정을 훑어봤다.

고개를 들어서 사무실 창문을 쳐다봤다. 비가 온다더니 하늘은 맑기만 했다. 온다 해도 짧은 소나기 정도일 것이다.

창틈으로 들려오는 자동차들의 희미한 소음….

중개소 여사장이 생각났다. 그녀를 사랑하는 것도 아니었고, 그녀가 매혹적인 것도 아니었다. 그런데도 그녀에게 끌렸다.

그녀와 함께 있으면 마음이 안정되고 편했다. 그녀에게는 포근한 모성애의 온기가 있었다. 여성적이거나 젊지 않아도 어머니에게 끌리듯이, 그녀와의 관계는 본능적인 애착에 가까웠다.

운전 중에 가끔은 핸들을 꺾어서 고속 도로에 올라 그녀가 사는 도시로 달려가고픈 충동이 일곤 했다.

알 수 없는 일이었다. 그 원인을 그 자신도 알지 못했다.

그리움인지, 도피인지, 욕구인지….

퇴근길에 L을 만났다.

동네 가게에서 소주와 과자를 사서 그 앞의 탁자에 마주 앉았다.

이런저런 얘기를 나누었고, 그것이 진짜 안주였다. 한 잔 마시면 얘기를 곁들이고, 얘기가 끝나면 또 술잔을 기울였다.

"아 참, 알려줄 게 있어. 인테리어 말인데."

조심스런 말투의 아서였다.

"이번에는 다른 업체에 맡길지 몰라."

아니나 다를까 L의 표정이 험악해졌다.

"그게 무슨 소리야."

"본부에서 불만이 있는 것 같아."

"뭐야? 어디 가서 그 가격에 되는지 보라고 해. 그 가격에 맞추기가 쉬운 줄 알아?"

"인테리어뿐 아니라 자재납품도…. 아무튼 그렇게 알아."

"김 부장이지. 응?"

"넘겨짚지 좀 마라."

"김 부장밖에 더 있어? 그 새끼, 나를 항상 고깝게 봤잖아."

L은 술을 벌컥 들이켰다.

"김 부장. 네 멋대로 내 밥줄을 끊어?"

술병을 노려보며 씩씩댔다.

그러다 갑자기 고개를 돌려서 고함을 내질렀다.

"야! 너희들 뭐야!"

바로 옆에 있는 놀이터를 향해서였다. 그 벤치에 서너 명의 학생이 앉아서 담배를 피우고 있었는데, 걔네들한테 시비를 건 것이다.

"학생이 흡연을 해?"

L은 벌떡 일어나 벤치로 걸어갔다.

아서가 따라가 말렸으나 소용없었다.

"대가리에 피도 안 마른 새끼들이 어디서 감히!"

학생들은 처음에는 어리둥절한 표정이었다. 하지만 가까이서 L을 보고는 피식 웃기 시작했다. L의 키가 작았기 때문이다.

중학생인지 고등학생인지는 확실치 않았다. 하지만 다들 L보다 체구가 큰 것만은 확실했다.

"담배 안 꺼?"

"이 꼰대는 또 뭐야."

남학생들은 삐딱한 자세와 비웃는 미소로 L을 빙 둘러쌌다.

하지만 L은 눈썹 하나 까딱하지 않고 그들을 노려봤다.

"이 새끼들이 어른이 말씀하시는데 웃어? 집에서 그렇게 배웠어? 좋다. 집에서 부족했던 가정교육을 야외수업으로 보충해주마."

시계를 풀어서 주머니에 넣었다.

"미리 경고해두는데, 수업은 정숙해야 한다. 수업 시간에 떠드는 녀석은 용서치 않겠다. 이빨이 잇몸을 떠났다고 울고불고하거나, 턱주가리가 180도 회전했다고 비명을 지르거나, 갈비뼈가 먹기 좋게 줄줄이 토막 낸 갈비찜 됐다고 난리법석 떨어서 수업 분위기 흐리는 놈들은 심화 학습의 지옥을 맛보게 될 것이다."

주먹을 꾹 쥐어서 우두둑 소리를 냈다.

"자, 질문 있나?"

"…"

"없으면 바로 수업 시작한다."

안 되겠다 싶어서 아서는 경찰을 부르려고 가게 앞으로 달려갔다. 핸드폰을 탁자에 두고 왔기 때문이었다.

그런데 폰을 집으며 보니, 학생들이 담뱃불을 버리는 게 보였다. 그리고 서로 눈치를 보면서 뒷걸음치는 것이었다.

어느새 학생들은 달아나고 없었다.

L이 의기양양하게 돌아와 앉았다.

"짜식들. 좆도 아닌 것들이 까불기는."

탁자 위의 술잔을 단숨에 비웠다.

"봤냐? 남자는 깡다구야. 깡다구 하나로 밟은 거다. 솔직히, 내가 젊은 놈들하고 붙으면 이길 수 있겠냐? 그것도 혼자서? 어차피 너는 거들지도 않을 테고."

아서가 그의 잔에 술을 채워주었다.

"그래, 네 배짱 하나는 인정한다."

비록 키는 작지만, L은 몸집이 다부졌다. 인상을 쓰면 꽤 험상궂게 변하는 얼굴도 갖고 있었다. 그 점들이 효과를 본 것 같았다.

말발도 한 몫 했을 것이다. L의 입담은 정평이 나 있었다. 자신만만하게 거침없이 쏟아내는 입담에 학생들은 왕년에 진짜로 한 가닥 했던 인간인가 보다고 생각했을 것이다.

"주먹으로 이기는 줄 알지? 눈빛이랑 혓바닥으로 이기는 거야."

"그렇다고 애들한테 겁을 주냐."

"그럼, 새파란 것들이 담배 꼬나물고 껄렁거리는 걸 그냥 보고만 있으라고?"

"욕까지 할 거는 없었잖아. 좋은 말로 타일러야지."

"고운 말 쓰면, 녀석들이 들을 거 같아?"

"욕하면 더 안 듣지."

"내 말 듣고 담배 껐잖아."

"다른 데 가서 피우고 있을걸?"

상황이 이상하게 꼬여서 동창 간에 말다툼으로 변했다.

"가정교육 못 받은 놈들은 보충교육 시켜야지."

"학창 시절에 너도 담배 피우다 걸렸잖아."

"그때 얘기는 왜 꺼내고…."

"선생님이 너한테 똑같이 말했잖아. 가정 교육 못 받은 놈이라고."

L은 대꾸를 못하고 헛기침만 했다.

오랜만에 중개소 여사장의 사무실에 들렀다.

안쪽 책상에 웬 여자가 앉아서 일을 보고 있었다.

"일을 도와주는 실장님이에요."

라고 여사장은 짧게 설명하고 넘어갔다.

하지만 아서는 사무실을 둘러보는 척하면서 그 여자를 스쳐봤다.

나이는 여사장보다 조금 젊어보였다. 몸집이 두텁고 풍만한 느낌이었다. 그런데 특히 눈길을 끄는 것이 있었다. 가슴이었다.

가슴이 퍽 컸다. 동양인 중에서는 보기 드문 사이즈였다. 브래지어를 했을 텐데도 젖가슴의 윤곽이 육감적으로 드러나 보이는 것이다.

그 여자에게 사무실을 맡기고 두 사람은 밖으로 나왔다.

"당분간 제 밑에서 일을 배우는 거예요."

"그럼 저분도 사무실 차리려고…"

"자격증 따고 나서 현장을 익히는 거죠."

"월급은 나갈 거 아닙니까."

"월급을 어떻게 줘요. 내 코가 석잔데. 그냥 활동비 정도만 줘요."

여사장 차에 앉아 안전벨트를 맸다.

"본인이 원해서 하는 거예요. 나는 괜히 힘만 들어."

"그래도 일을 도와주니 좋잖아요."

"없는 것보다 낫기는 한데, 복장이 터질 때가 많아요. 일 처리가 야

무지지 못해서 내가 다시 해야 하고."

아서는 지나는 길에 들른 거였다. 그래서 오래 머물 수는 없었다.

"괜히 왔나? 바쁘신데?"

"아니에요. 괜찮아요. 지금은 시간이 돼요."

아서가 나직이 덧붙였다.

"그냥 보고 싶어서."

그 말이 그녀를 미소 짓게 만들었다.

"저도 팀장님이 오셨으면 했는데."

"하하, 그런데 정말 왔네."

"그러게요. 뭐가 통했나?"

"어쩐지 오고 싶더라니."

둘은 웃으며 함께 앞을 보았다.

"어디 가서 바람이나 잠깐 쐬죠, 뭐."

"그래요. 데이트나 합시다."

"음, 어디가 좋을까."

"아무데나 가요. 조용한 데로."

앞 유리에 비친 풍경이 천천히 움직이기 시작했다.

스쿨존이라 속도를 낼 수 없었다.

한적한 차로가 흘러왔다. 약국이 모퉁이를 차지한 건물도 흘러왔다. 상큼한 민트색 자전거가 바로 옆 차선으로 흘러왔다. 꽃무늬 원피스를 입은 주부가 부지런히 페달을 밟고 있었다.

그 주부의 살구색 치마가 바람에 휘날렸다. 긴 치마를 입고도 탈 수 있는 여성용 자전거였다. 핸들바에 바구니가 달렸고, 그 바구니에는 아이들이 좋아할 간식거리가 들어있었다. 그것이 그녀가 서두르는 이유일지 몰랐다. 종이 봉지 밖으로 붕어빵 대가리가 삐져나와 보였던 것이다.

갑자기 그녀가 급브레이크를 잡았다. 자전거가 힘겹게 멈춰 섰다. 그 여자는 뭔가에 놀란 듯했고, 당황한 표정이 역력했으며, 양발을 땅에 디딘 다음에는 가슴에 손을 얹고 심호흡을 했다.

그 여자의 표정은 곧 안도로 바뀌었다. 이어서 애정이 가득 담긴 미소가 그 얼굴에 차올랐다. 사실 자전거가 멈춘 곳은 횡단보도로부터 충분히 떨어진 거리였다. 그럼에도 그녀는 예민하게 굴었던 것이다.

그녀의 미소가 마치 파란 신호등이라도 된 것처럼, 자전거 앞으로 색색의 가방을 맨 꼬마들이 손을 들고 아장아장 길을 건너기 시작했다. 그 꼬마들이 길을 다 건널 때까지 민트색 자전거는 꼼짝하지 않았다.

멈췄던 앞창의 풍경이 다시 흘러가기 시작했다. 민트색 자전거도 다시 굴러가기 시작했다. 영사기의 필름이 돌아가기 시작한 것만 같았다. 연인과 함께 상영관에 앉아서 영화를 보는 기분이었다.

영화처럼, 내 일이 아니라서 좋았다. 영화 속의 이야기는 자신과는 무관한 일이었다. 그래서 아름답고 감동할 수 있었다.

그렇게 아서는 영원히 관찰자로 살고 싶었다. 뛰어들고 싶지 않았다. 어떤 일에도 간여하고 싶지 않았고, 깊이 빠져들고 싶지 않았다.

하지만 인생은 그를 관찰자로 남겨두지 않았다. 그의 목을 잡아채서 전면으로 끌어냈다. 그것은 아름다움을 파괴했고, 그의 정서를 유린했다. 하늘의 별처럼, 멀리서 바라볼 때만 아름다움은 아름다운 법이었다.

*

"부촌이군요."

집들이 모두 예뻤다. 유럽풍의 2층짜리 저택인데, 나무 펜스를 두른 정원에는 잔디가 깔려있었다. 그런 집들이 소로를 따라서 이어졌고, 그 언저리를 소담한 숲이 포근하게 감싸고 있는 것이다.

"이 도시의 부자들이 살죠."

그녀가 왜 여기로 데려왔는지 알 수 없었다.

"일을 시작한 첫해였어요. 이 동네에서 의뢰가 들어왔어요. 그래서 처음 와봤는데, 고객의 집을 보고 이런 데서 살면 좋겠다는 생각이 들더군요. 그래서 결심했죠. 나도 돈을 벌어서 10년 안에 꼭 이 동네로 이사를 와야지."

"그 결심대로 안 됐군요."

여사장은 어깨를 으쓱했다.

"보시다시피."

두 사람은 집들을 구경하며 느긋하게 걸었다.

"힘들 때면 혼자서 여기에 오곤 했어요. 의욕을 다시 불태우려고요. 그런데 지금은 그럴 의욕도 없네요. 그저 하루를 버티는 것밖에는 더 할 수가 없더라고요."

한 정원에서 커다란 개가 그들을 보고 무섭게 짖었다.

"우리보고 가라네요."

"가죠, 뭐."

"우린 여기에 어울리지 않는다는 건가?"

"개도 사람 볼 줄 아네요."

그때 그가 그녀의 어깨를 살짝 잡았다.

"조심해요. 연석이 있어요."

"아, 고마워요."

여사장은 아서의 그런 점이 좋았다. 변함없이 깍듯하게 대하고 배려해주는 것이다. 처음 만난 사이처럼 존댓말을 쓰며 예의를 지켰다.

그것이 다른 남자들과의 차이였다. 관계 후에는 자기의 하녀라도 된 것처럼 막 대하는 인간들이 있었기 때문이다.

반면에 아서는 그녀를 함부로 여기거나 무례하게 굴지 않았다. 요즘 남자들에게서 보기 힘든 고상함이 있었다. 사람을 많이 봐서 알지만, 그의 내면은 순수하며 불결한 생각 하나 없을 것이 분명했다.

한편, 아서는 중개소에서 보았던 실장을 생각하고 있었다. 생각하려고 한 게 아니라, 본능적으로 생각이 났던 것이다. 정확히는 그녀가 아닌, 그녀의 커다란 가슴이었다. 옷을 강제로 벗겨서 그 가슴을 감상하거나, 아니면 그냥 옷감 위에서라도 만져보고 싶다는 생각이 들었다.

그것이 그의 소망의 전부였고, 현재로서는 최고의 갈망이었다. 그 젖가슴의 실제 모양을 상상했다. 거대하면서도 알이 꽉 찬 형상의 아찔함을. 그것을 손으로 잡았을 때의 탱탱함과 탄력을.

후회가 됐다. 그 가슴을 한 번 더 훔쳐볼 것을. 훔쳐보는 것만으로도 짜릿했었기 때문이다. 생각만 해도 아랫도리가 달콤하게 묵직해졌다. 그런 음란한 상상이 너무나 좋은 것이다.

"좋은 산책이었어요. 함께 바람도 쐬고, 얘기도 나누고."

당장이라도 모텔로 끌로 가서 그 옹골진 성적 충동을 여사장에게 풀고 싶었지만, 아쉽게도 시간이 없었다. 이제 그만 올라가봐야 하는 것이다.

"금방 헤어지니 서운해요."

"다음엔 여유 있게 올게요."

그녀의 차는 동네 어귀에 세워져 있었다.

"기차역에 내려주시면 됩니다."

"기차 타고 오셨어요?"

"기차를 가끔 이용해요."

"예매는 하신 거죠?"

"30분 남았어요."

"서둘러야겠네."

차에 앉아서 생각해 보니, 그녀와 섹스할 때 외에는 키스를 나눠본 적이 없었다. 평소와 다르게 그는 과감해져 있었다. 시야도 막힌 데였다.

아서는 상체를 돌려서 입술을 붙였고, 그녀가 턱을 벌려주면서 침이 섞이는 키스를 나눌 수 있었다.

유난히 손을 집어넣어서 가슴을 만지고 싶었지만, 그만두었다. 기차를 타야 했다. 밤에 아내의 가슴을 주무르는 것으로 대신하자고 생각했다.

기차에 앉아서 가는 동안 아서는 눈을 붙일 생각이었다. 그러나 잠은 오지 않았고, 결국에는 눈을 뜨고 창밖을 내다보았다.

낮은 구릉들이 빠르게 지나갔다.

푸른 지평선 끝에서는 하얀 도시의 윤곽이 가물댔다.

먼 것들은 가만히 있고, 가까운 것들은 빠르게 지나가는 차이. 그런 부조화를 보는 것이 기차 여행의 묘미였다. 그렇게 긴 원근을 가진, 탁 트인 시야가 시원했다.

며칠 내로 프레젠테이션 준비를 마쳐야 했다. 친구 부모님의 금혼식에도 가야 했다. 축하 선물로 뭐를 할까?

어릴 때 같은 동네에 살았던 친구라, 그 부모님과도 잘 알았다. 그래서 금혼식까지 참석하게 된 것이다.

결혼 50주년이 금혼식이다. 누구나 노력한다고 할 수 있는 것이 아니다. 그 전에 한쪽이 먼저 돌아가시는 경우도 많지 않은가?

이런저런 생각들이 무작위로 떠올랐다.

가벼운 생각들이었다. 너무나 가벼워서 어떤 생각을 하는지 스스로도 알지 못했다. 창유리를 스치는 풍경들처럼, 생각들은 하염없이 나타나고 흔적 없이 사라졌다.

그러다가 아서는 옆자리에 앉은 승객이 울고 있다는 사실을 깨달았다. 20대의 젊은 청년이었다. 양손을 얼굴에 덮고 조용히 흐느끼는 것이었다. 그의 어깨가 끊임없이 들썩였다.

겨우 울음을 멈추고 청년은 창밖을 응시했다. 그 눈망울은 흠뻑 젖었고, 또한 붉게 충혈돼 있었으며, 형언할 수 없는 슬픔이 그 젊은 안면에 짙게 드리워져 있었다.

잠시 후에 곁눈질해보니, 그 청년은 꾹 다문 입술을 가늘게 떨고 있었다. 눈물을 참으려고 애를 쓰는 것 같았다. 하지만 기어이 또 얼굴을 가리며 흐느꼈고, 흘러내린 눈물이 그의 턱 끝에서 연달아 방울져 떨어졌다.

아서는 뒤로 기대어 눈을 감았다.

어떤 일로 그렇게 우는 걸까. 애인과 헤어졌을까? 친구를 잃었을까? 부모님이 병든 걸까? 청춘의 서러움? 하지만 물어볼 용기는 없었다.

가장 궁금한 게 있었다. 어떻게 그토록 슬퍼할 수 있을까.

청년은 종착역에 도착할 때까지 그 오랜 시간 울음을 멈추지 못했다.

그 동안 아서는 슬픔에 시달렸다. 슬픔을 느껴본 적이 너무 오래되었다는 슬픔에….

아서가 친구 부모의 금혼식에 간 데에는 이유가 더 있었다. 오랜만에 친구들을 만나기 위해서였다.

한 동네에서 자란 친구들인데, 먹고 살기 바쁘다 보니 만나기가 힘들었다. 금혼식을 핑계로 얼굴이나 보자고 한 것이다.

친구들을 만날 생각에 아서는 마음이 들떴다. 친구란 참 신비로운 존재였다. 함께 있기만 해도 공연히 즐겁고 든든한 것이다.

"아이고, 이게 누구야."

"잘 있었냐?"

정말 오랜만에 보는 얼굴이었다. 어릴 때 친하게 지냈던, 그리고 아서가 좋아했던 친구였다.

한 손을 맞잡고 아서는 다른 손으로 친구의 어깨를 두드렸다. 아무 말도 할 수 없었다. 가슴이 울컥했던 것이다.

자리에 마주 앉아서 아서는 친구의 눈을 다정하게 응시했다.

"제수씨는 잘 계시지?"

"건강하게 잘 지내."

"애정 전선에는 이상 없고?"

"우리 부부야 늘 한결같잖아. 순정파끼리 만나서."

첫사랑으로 만나서 결혼까지 한 드문 케이스였다.

그 자리에는 L도 와있었다.

"이야, 얼굴 보기 힘들다. 같은 서울 살면서."

"그래도 너는 새해마다 꼬박꼬박 문자를 보내줬잖아."

"그랬지. 해가 떠오르는 사진이랑."

"레퍼토리가 똑같더라? 매번 바다에서 해 뜨는 거."

그러자 L은 기분이 상한 듯 친구에게 눈을 치떴다.

"야, 그게 최고지. 해처럼 밝게 빛나는 해가 되라!"

"알지, 좋은 뜻인 거. 고맙고."

뒤이어 또 다른 친구가 왔다.

안경점을 하는 친구였다. 중요한 친구였다. 노안이 오면 가장 먼저 찾아갈 친구니까 말이다.

"거북이도 제 말 하니까 오네."

그 친구의 별명이 거북이였다. 거북이처럼 동작이 느렸기 때문이다. 게다가 어려서부터 거북이 목을 하고 있었다. 그런 특이함 때문에 오히려 애들한테 인기가 있었다.

L이 그 친구를 또 놀렸다. 학창 시절에 했던 것처럼.

"거북아, 거북아, 고추를 내밀어라. 내밀지 않으면 빨아먹으리."

"그때나 지금이나 이 자식은 입이 더러워."

"왜 인마. 내가 유일하게 외운 건데."

"원본의 제목은 알아?"

"구지가! 가락국 시조 수로왕!"

"오, 그걸 다 기억하네?"

"시험 문제도 맞혔다니깐. 내가 알고서 푼 유일한 문제였어."

"자랑이다."

성장기의 시간과 추억을 공유한 존재들이었다. 그들과만 나눌 수 있는 편안함과 따듯한 유대감이 있었다.

"생전에 아버지가 오랜 친구분을 만나셨어. 그런데 친구분의 손을 잡더니 갑자기 우시는 거야. 친구분도 같이 울고."

"나이 들면 그래. 젊은 시절을 함께 한 친구를 보면 그냥 슬퍼져."

"나도 이제는 아버지가 왜 우셨는지를 알겠더라고."

그들이 앉은 자리는 구석진 자리였다. 한쪽에 뷔페식으로 다과가 차려져 있었다. 그 집안의 친척과 지인들이 그 조촐한 행사장을 채웠다.

그 중에는 그들이 아는 얼굴도 많았다. 친구의 누이들과도 다 아는 사이였다. 사춘기 때 아서가 짝사랑했던 한 누님은 이제는 고등학생 아들을 둔, 드세고 뚱뚱한 주부가 돼 있었다. 하지만 그 시절에는 눈부시게 곱고 아리따운 소녀였다.

그 날의 주인공인 노부부는 상석에 나란히 앉아있었다.

"참 보기 좋으시네."

"젊어서부터 금슬이 좋으셨잖아."

"존경스런 일이야."

"대단한 거지. 생판 남끼리 만나서 50년을 살았다는 건."

치열한 전투에서 살아남은 병사들을 보는 듯했다. 얼마나 많은 전투를 치렀을까. 그 모든 전투에서 이기지는 못했을 것이다. 그러나 저 늙은 부부는 기어이 살아남았고, 그것이 진정한 승리일지 몰랐다.

아서는 스스로에게 물었다. 금혼식을 할 수 있겠어? 그러고 싶었다. 부부로서 늙고 싶었다. 이유는 하나였다. 가정이 깨지는 것은 너무 큰 오점이었기 때문이다. 그런 오점을 인생에 남기고 싶지 않았다.

"이혼 건수가 결혼 건수의 절반이라잖아."

"신생아가 줄어드는데, 부부까지 줄어드네."

"인구 감소가 가속화되는 거지."

"다행히 우리 중에는 이혼한 사람이 없네?"

"안심하지 마라. 나이 들어서 황혼이혼 당한다."

"호들갑은. 다정하게 잘사는 부부도 얼마나 많은데."

안경점을 하는 친구는 유일한 미혼자였다.

L이 그 친구에게 물었다.

"거북아. 너를 보면 항상 궁금해서 그러는데, 너는 외로움을 어떻게 해결하냐?"

안경점을 하는 친구는 진짜 거북이처럼 두 눈을 굼뜨게 끔벅였다.

"나도 여자 만나."

L이 히죽거렸다.

"만나서 뭐하는데. 시력 검사해 주냐?"

"대화를 나누지. 식사하고. 영화도 보고."

"뭐가 자식아. 남녀가 만나는 목적은 결국에는 떡 치는 거지."

"이 새끼 뇌는 좆 대가리에 달렸나. 생각하는 것마다 저질이야."

거북이도 한 성깔 하는 친구였던 것이다.

그때 마침 인사를 드리는 순서가 됐다.

그들도 나가서 노부부에게 큰절을 올리고 L이 대표로 축하 인사를 드렸다. 함께 채운 돈 봉투와 함께.

금혼식이 끝나고 일행은 2차를 갔다.

술집에서 L은 연거푸 술을 들이켰다.

느닷없이 중개소 여사장의 얘기를 꺼내서 아서를 당혹케 했다.

"너 말이야. 그 여자랑 잤냐?"

아서는 못 들은 척 대답을 하지 않았다.

"잤나 보구먼."

본인 잔에 술을 따르며 L은 피식 웃었다.

"나하고도 잤었어."

"…"

"왜, 못 믿겠냐? 나도 여자들한테 인기 많아. 나보고 재미있대. 솔직히 내 면상은 좀 그렇지만, 혓바닥 하나는 타고 났잖아. 이 혓바닥으로 낮에는 여자들 귀를 즐겁게 하고, 밤에는 여자들 거기를 즐겁게 하고. 응? 그러니 여자들이 안 넘어오고 배겨?"

아서가 나직이 속삭였다. 다른 친구들이 들을까 걱정하며.

"그만해. 이런 데서 할 말이냐."

"그 여자한테는 일종의 비즈니스겠지. 자기 몸을 활용하는."

눈치 없이 중개소 여사장의 얘기를 계속하는 것이었다.

"그래도 아주 헤픈 년은 아니야. 뒤끝도 없고."

"부인은 어떤 분이세요?"

"음, 보호 본능이 강한 여자? 가정을 지키려는 의지가 강하죠."

"좋은 아내군요."

"꽁한 면이 없어서 좋아요. 화끈하고 털털하고."

그러면서 아서는 여사장의 가슴을 부드럽게 주물렀다. 약간 쳐져 내리기는 했으나, 아래쪽엔 여전히 탄력 있는 덩어리가 만져졌다.

"대신에 자상하지가 못해요. 내 마음의 고충을 알아주지 못하지."

중개소 여사장은 아서의 음낭을 손으로 감싸 쥐고 있었다.

"사람은 다 일장일단이 있더라고요."

"같이 살면서도 외로움을 느낄 때가 많아요."

그리고 아서는 그녀의 얼굴을 내려다보며 미소를 지었다.

"아까 내 불알을 핥아줄 때, 정말 짜릿했어."

"다음에 또 해줄게요."

잠시 후, 아서는 조심스럽게 말을 꺼냈다.

"저기, 물어볼 게 있는데… 나를 만나는 이유가…."

그러나 생각이 바뀌었는지 곧 말을 바꿨다.

"아, 아니야. 됐어요."

"물어봐요. 뭐든지 궁금한 게 있으면."

"중요한 거 아니에요. 신경 쓸 가치도 없는."

여사장이 침대에 일어나 앉으며 물었다.

"2호점 준비는 잘 돼가죠?"

골치 아픈 일이 생겼다. L이 술을 먹고 김 부장에게 전화를 걸어서 대판 싸운 것이다.

아서의 입장이 곤란해졌다.

"내가 누누이 말했지. 함부로 행동하지 말라고."

"그 새끼가 나를 먼저 엿 먹였잖아!"

평소 같았으면 비위를 맞춰줬을 테지만, 이번에는 달랐다. 아서는 원인 모를 증오심에 불타서 목청을 높였다.

"이러면 뭐가 되겠어. 우리 회사가 너랑 계속 일하겠어? 제발 생각 좀 하고 살란 말이야!"

평소와 다른 반응에 L은 당황한 듯 바로 꼬리를 내렸다.

"씨발, 미안하다. 내가 좀 취했었다."

아서는 그의 어리석음을 이해할 수 없었다. 자신에게는 그토록 어리석을 능력이 없었기 때문이다. 아서는 자신의 충동에 대해서도 계산기를 두들기는 성격이었다. 안전한 충동에 대해서만 움직였다.

그러나 L은 달랐다. 그에게는 계산기가 없었다. 충동에 즉각 반응했고, 통째로 몸을 던졌다. 아서로서는 불가능한 일이었다.

2-2

"사장님은 재혼할 생각 없으세요?"

"재혼?"

마트 사장은 2년 전에 부인과 사별했다.

부인의 모습을 세영도 기억했다. 남편과 마찬가지로 바지런한 여자였다. 항암치료를 받을 때조차 나와서 일을 했을 정도니까.

기억나는 것이라곤 두 내외가 억척같이 일하던 모습뿐이었다.

"일만 하다 죽었어."

장례식장에서 마트 사장이 넋이 나간 채로 한 말이었다.

"그러니까 두 분이 여행도 다니고 좀 하시지. 돈은 뒀다 뭐해요? 무덤까지 갖고 갈 것도 아니면서."

안타까운 마음에 세영이 쏴붙였던 말이었다.

장례가 끝나자마자 사장은 미친 듯이 일했었다. 마누라가 죽었는데도 일밖에 모른다며 돈독이 올랐다느니 말이 많았다.

하지만 세영은 이해할 수 있었다. 아내에 대한 그리움과 미안함을 잊으려면 일에 미치는 수밖에 없다는 것을.

"내가 무슨 재혼을 해."

"홀아비 냄새 나요. 구질구질한 냄새."

"내가?"

"그러니까 남자는 여자가 있어야 한다고요."

마트 사장은 갑자기 비장한 표정을 머금었다.

"됐어. 나한테 다른 여자란 없다."

그리고 허리를 굽혀서 박스를 들어올렸다.

햇빛이 천천히 떨어지고 있었다. 모든 것이 느려지는 시간대였다.

지나치게 평화로운 분위기가 도처에서 문제를 일으키고 있었다. 행인들은 목적지를 잊은 듯했고, 신호등마저 꾸벅꾸벅 조는 듯했다.

그녀의 걸음도 점점 느려져 결국에는 멈춰 서고 말았다.

전에 살던 아파트였다. 5년을 살았었다. 아이들이 자라면서 평수를 조금 늘려 지금의 아파트로 오기 전까지.

평소에는 그냥 지나쳐 집으로 갔을 테지만, 그 날은 그 안으로 향하는 세영이었다. 옛 생각이 났던 것이다. 추억이 많은 아파트였다. 둘째가 거기에서 태어났다.

그 아파트의 놀이터에서 아이들이 놀고 있었다. 아름드리나무들이 둘러서서 그 개구쟁이들에게 그늘을 내려주는 가운데.

주말 오후라선지 몇몇 가족이 눈에 뜨였다. 하나같이 단란한 가족의 모습이었다. 한 부부는 선글라스를 쓰고 벤치에 앉아 박장대소를 하는 것이다. 자기들의 아이가 놀다가 엉덩방아를 찧는 모습에.

세영은 한구석에 서서 그 모두를 지켜보았다. 사라지는 시간의 아름다움을. 수년 전에는 그녀의 아이들도 그곳에서 뛰어놀았었다.

그녀는 왈칵 눈물을 쏟을 뻔했다. 둘째가 엄마를 부르며 아장아장 걸어왔다. 두 형제가 시소에 마주 앉아 깔깔거렸다. 지금보다 훨씬 작고 어린 모습으로….

그때가 그리웠다. 그때가 가장 행복한 시절이었다. 그때는 가족이 함께 있는 시간이 많았다. 집 앞의 놀이터에만 나와도 즐거운 시간을 보낼 수 있었다.

다시는 그 시간으로 돌아갈 수 없었다. 그 시간은 영원히 사라지고 없었다. 그런데도 그 시간은 기억 속에 남아서 그녀를 간간이 손짓해 부를 것이다. 그것이 얼마나 잔인한 짓인지를 모르는 척.

그때 한 여자가 아는 체를 했다. 바로 옆의 벤치였다.

"어머, 안녕하세요."

"아, 안녕하세요."

"웬일이세요."

"그냥… 지나는 길에 들러본 거예요."

이 아파트에서 살 때, 같은 라인에 살던 여자였다. 지금도 근방에 살다보니 가끔은 길에서 마주치곤 했다.

아파트의 주부들은 놀이터에서 안면을 트는 경우가 많다. 어린 자녀를 둔 주부라면 더욱 그랬다. 두 사람도 놀이터 동창이었던 것이다.

"여기서 오래 사시네요?"

"집값이 올라야 떠나죠."

"맞아요. 빈손으로 나갈 순 없죠."

미끄럼틀에서 노는 아이가 그 여자의 아들이었다.

"그새 저렇게 컸다고요?"

"애들은 금세 자라잖아요."

그때 한 사내가 그 여자에게로 걸어왔다.

그 여자와 아는 사이 같았다. 놀고 있던 그녀의 아들을 한 번 안아 주고 왔던 것이다. 세영도 아는 그녀의 남편은 아니었다.

"빈 그릇 가져왔어?"

"여기."

비닐봉지를 건네면서 그 사내는 세영을 흘끔 쳐다봤다.

인상이 강했다. 희한했다. 샤프하면서도 터프한 인상이었다. 동시에 뭔가 우울한 구석이 있어 보였다.

그 사내는 바로 떠났다. 자세히 볼 겨를도 없이.

세영은 기분이 나빠졌다. 즐겁던 기분이 삽시간에 증발했다.

"누구예요?"

"제 동생이에요."

"동생이요? 친동생?"

"네. 인사도 못 시켰네. 애가 워낙 무뚝뚝해서."

그러면서 그 여자는 뜻밖의 부탁을 했다.

"제 동생 가게 좀 홍보해 주세요. 내일모레 오픈을 하거든요."

"무슨 가게인데요?"

"간식 전문점이요."

"간식 전문점은 또 뭐야."

"군것질거리를 모아서 파는 거래요."

"그게 장사가 되나?"

"모르겠어요. 잘되기를 바라야죠."

"알았어요. 주변에 알릴게요."

웬일인지 세영은 불안하고 불쾌했다.

'건강한 간식'이라는 간판이 달려있었다.

작은 가게였다. 내부는 돈을 적게 들인 티가 났다.

그래도 진열대는 깔끔하게 정돈돼 있었다.

대부분 과자였다. 현미튀밥, 보리강정 같은 곡물 과자가 많았다. 견과류와 건어물도 있고, 외국산 주전부리들도 있었다.

가게 주인은 카운터 뒤에 우두커니 서 있었다.

세영은 물건을 보는 척하면서 뇌까렸다.

"오픈하는 날인데 왜 이리 썰렁해."

그녀가 유일한 손님이었던 것이다.

"오픈은 와자지껄해야 하는데."

"…"

"전단지라도 돌리지."

"돌렸습니다."

그리고 사내는 퉁명스레 중얼댔다.

"엊그제 뵌 분 같은데."

세영은 깜짝 놀랐다. 자기를 기억하고 있을 줄은 몰랐다.

"나를 아세요?"

"저희 누나랑 계셨잖습니까."

세영은 어깨를 으쓱했다.

"궁금해서 온 거예요. 뭐 파는 곳인지. 그걸 알아야 소문을 내지.

누님이 부탁을 했거든요."

하면서 그녀는 걱정하는 투로 종알댔다.

"이런 게 팔릴까?"

그의 설명을 듣고 싶어서 던진 말이었다.

놀이터에서 봤던 인상대로, 그 여자의 남동생은 과묵했다. 벙어리인지 바보인지 알 수 없었다. 세영은 실망해서 그냥 나가야겠다고 생각했다. 사실 그녀가 보러온 것은 가게가 아니라, 그 사내였던 것이다.

하지만 그녀는 또 놀랐으니, 그가 어느새 곁에 와있었기 때문이다.

"이건 다 먹어도 칼로리가 150에 불과합니다."

과자 한 봉지를 집어 들면서 말하고 있었다.

"배불리 먹어도 살찔 염려가 없습니다."

다행히 바보는 아니었다.

"현대인의 문제가 영양 과잉 아니겠습니까."

그런데, 책을 읽는 듯한 어조였다.

"먹고는 싶은데 먹을 수 없고. 하지만 건강한 간식은 그럴 염려 없습니다. 실컷 먹으면서도 건강을 지킬 수 있습니다."

"잘 외우셨네."

마치 감독관이라도 된 것처럼 세영은 매장 안을 꼼꼼히 돌아봤다.

"그런데요. 대형 마트에서도 건강 간식은 팔거든요? 마트에서 사면 되지, 누가 여기까지 올까요. 안 그래요?"

사내는 답안지를 못 찾은 학생처럼 꿀 먹은 벙어리였다.

"그래도 종류는 여기가 많네요. 처음 보는 것들도 있고."

그리고 세영은 사내를 쳐다봤다.

"누가 나처럼 묻거든, 그렇게 대답하시라고요."

고르기 쉽게 품목별로 구분이 돼 있었다. 작은 팻말들이 붙어있는 것이다. 유아용, 청소년용, 저칼로리, 고단백 등등.

"아이디어는 좋은데, 과연 먹힐지."

이제는 세영이 사장 같고, 사내가 점원 같았다.

"애들 간식인가 보네요?"

시식용 과자를 먹어보고 세영은 고개를 갸웃했다.

"달지가 않네. 애들은 달아야 하는데."

"달지 않게, 짜지 않게…. 그게 저희 슬로건이라…."

"달지 않으면 먹지 않아요, 애들은."

"자녀의 비만을 걱정하는 엄마들이 많습니다."

"그래도 일단은 많이 팔고 봐야죠. 건강을 중시하는 시대인데도 식품 회사들이 달고 짜고 맵게 만드는 이유가 다 있는 거예요."

"저칼로리 감미료가 조금씩 들어갑니다. 그래서 단맛이 약간은…."

"애들 입맛을 모르세요? 안 키워보셨어요?"

남자의 얼굴이 왠지 어두워졌다.

이유를 알 수 없었다. 너무 부정적인 얘기만 해서 그런가 보다고 생각했다. 그래서 세영은 말투를 부드럽게 바꿨다.

"잘되기를 바라는 마음에서 한 말이에요. 남의 일 같지 않아서. 누님이랑 알고 지낸 지가 10년이 돼가니까."

"…."

"장사는 처음이죠?"

"네."

"처음 같더라."

그녀는 과자 몇 봉지를 집었다.

음료수 코너에서 건강음료도 꺼냈다.

"하나씩 배워 가시면 돼요."

"알겠습니다."

"뭘 알아요, 알기는. 하나도 모르는 것 같은데."

세영은 만족했다. 기선을 제압해서 자기가 통제할 수 있는 사람으로 만들어 놓은 것 같았기 때문이다.

"내가 개시예요?"

"아닙니다."

"그나마 다행이네. 이제 개시면 안 되지."

아이들에게 그 간식을 먹여보았다.

"맛이 어때?"

"싱거워."

"맛보다는 건강으로 먹는 거야."

그래도 첫째는 긍정적인 반응을 내놓았다.

"자꾸 씹으니까 고소해."

"그렇지?"

"달지 않아서 좋아."

"그래? 애들은 단 거를 좋아하지 않나?"

"너무 달면 안 먹어. 살찐다고."

둘째가 호밀 크림빵을 먹어보고 활짝 웃었다.

"이거는 좀 맛있다."

"칼로리를 낮춘 거래."

평소에는 간식을 사지 않았다. 특히 인스턴트식품은 금물이었다. 그렇지만 건강한 간식이라니 마음이 놓였던 게 사실이었다.

"어디서 산 거야?"

"간식남… 아니 그러니까…. 아무튼 새로 생긴 가게가 있어."

누군가에게 흥미를 느낀 것은 오랜만이었다. 하지만 그 사내의 이름조차 몰랐다. 그래서 세영은 간식남이라는 가칭을 썼던 것이다.

두 번째 방문이었다. 오전 근무를 마치고 귀갓길에 들른 거였다.

"손님 좀 있었어요?"

"네. 조금."

가게 주인, 그러니까 간식남은 여전히 말뚝처럼 서 있었다.

"표정을 좀 부드럽게 해봐요. 인상 쓰지 말고."

"…."

"손님이 들어왔다가도 무서워서 달아나겠네."

"제가 원래 인상파라서….'

웃음이 나왔다. 그 싱거운 말에.

"인상파요? 은근히 웃기시네."

그리고 세영은 진열대를 훑어봤다.

"이 많은 걸 어떻게 구한 거예요?"

"본사에서 갖다 줍니다."

"아, 프랜차이즈구나?"

"본사에서 직접 만드는 것도 있고, 중소 업체에서 받는 것도 있고, 전국의 지역 농협에서도 건강한 먹을거리를 많이 만듭니다."

"맞아요. 우리가 모르는 건강식품이 많더라고. 그걸 모은 거구나."

그리고 세영은 간식남을 돌아봤다.

"누님은 다녀가셨어요?"

"아뇨. 오늘은."

그는 세영을 경계하는 눈치였다. 반기지 않는 표정이었다.

"소심한 구석이 있으시네."

"네?"

"아니에요. 못 들었으면 됐어요."

이해는 갔다. 아무래도 부담스럽겠지. 부담스럽게 굴었으니까.

오늘은 조용히 떠나주기로 했다.

"그냥 걱정이 돼서 들러본 거예요."

문가로 걸어갔다.

마지막에 돌아봤다.

"손님은 차차 늘 거예요."

"고맙습니다."

"어느 선에서 멈추느냐가 문제지만."

가게를 나오면서 다시는 오지 않겠다고 결심했다.

밤늦게까지 세영은 둘째의 공부를 봐줬다.

"한 번만 더 풀어봐."

"두 번이나 풀었어."

"반복하지 않으면 안 한 것과 똑같다!"

가능한 일일까? 아니, 가당한 일일까?

남자에게 흥미를 느낀다는 것이. 유부녀가.

"다 풀었어."

자꾸 생각이 났다. 그 어둡고 쓸쓸한 얼굴이.

"다음 문제 풀어?"

"응? 아, 그래. 풀어야지. 계속 풀어야지."

웬일로 손님이 들어가는 게 보였다.

젊은 여자 손님이었다. 그런데 강아지를 안고 있었다.

간식남이 바로 제지하리라 믿었다.

하지만 유리를 통해 보니, 그는 멀뚱멀뚱 지켜보고만 있었다. 그러다가 안 되겠다 싶었는지 가까스로 그 손님에게 말을 거는 것이었다.

그냥 지나칠 생각이었다. 그러나 끝내 참지 못하고 세영은 가게 안으로 들어가고 말았다.

하얀 개를 안은 여자가 화를 내고 있었다.

"바닥에 내려놓지 않았잖아요. 계속 안고 있었는데, 뭘!"

"아무튼, 동물을 데리고 들어오시면 안 됩니다."

"기분 나쁘네, 진짜!"

"음식을 취급하는 곳이라서…."

세영은 그 여자에게 다가가 깍듯한 미소부터 보였다.

"저기, 손님. 안녕하세요."

여자와 간식남 모두 화들짝 세영을 쳐다봤다.

아랑곳하지 않고 세영은 말을 이었다.

"저도 강아지를 몹시 좋아해서 이해를 하거든요. 저는 괜찮아요.
저는 아무래도 상관없어요. 하지만 동물을 싫어하는 사람도 있잖아
요. 그런 손님이 보면 컴플레인 걸거든요. 위생 관리가 엉망이라느니
뭐라느니. 그러면 저희는 본사로부터 페널티를 받아요."

"지금은 아무도 없잖아요."

"언제 손님이 들어올지 모르니까. 손님은 예고가 없으니까."

이어서 세영은 강아지를 보며 호들갑을 떨었다.

"어머, 너무 예쁘다. 살아있는 인형 같다."

"말티즈는 다 예뻐요. 우리 애가 특히 예쁘지만."

"네? 말티…. 얘 이름인가요? 아무튼, 저희 입장을 이해해 주세요.
너무 기분 나빠하진 마시고."

다행히 꽉 막힌 여자는 아니었다.

"제가 생각이 모자랐네요. 안고 있으면 된다고 생각했어요."

"그러셨구나. 그럴 수 있어요. 충분히."

겨우 맞이한 손님을 그냥 보내면 안 된다는 계산이 섰다.

"이미 들어오셨으니까 그냥 물건 고르시고, 다음부터…."

"아니에요. 나가드릴게요. 딴 손님 오기 전에."

그리고 여자는 개를 안은 채로 휙 돌아섰다.

얼른 세영은 과자 한 봉지를 집어 들고 따라갔다.

"이거 가져가서 맛 좀 보세요. 서비스."

"아이, 됐어요."

"괜찮아요. 가져가세요. 맛있으면 홍보 좀 해주시고."

여자가 나가자 간식남의 목소리가 들렸다.

"과자를 맘대로 줍니까?"

"이봐요 사장님. 생각 좀 하고 사세요."

세영은 뒤돌아 간식남과 단단히 마주 섰다.

"망하고 싶어요?"

"…."

"저 여자가 돌아가서 소문내면 어쩌려고요. 손님을 내쫓는 가게다!
손님을 타박하는 가게다! 그깟 과자 한 봉지가 문제에요?"

"아깝기보다… 너무 안 팔리다 보니…."

그리고 그는 힘없이 고개를 수그렸다.

"저보다 손님을 잘 다루시네요."

"내가 마트에서 일하걸랑요. 별별 손님 다 있어요. 거기서 잔뼈가
굵은 몸이랍니다."

그리고 세영은 한숨을 내쉬었다.

"사장님은요. 내가 보기에 장사할 사람이 아니야."

"그럼 어떻게 합니까. 가게 문을 닫을까요? 이제 막 오픈했는데?"

"더 손해 보기 전에 그러는 게 낫죠."

"…."

"사람 체질이 쉽게 변하는 게 아니걸랑요."

*

학교 행사에서 마주쳤을 때, 세영은 한 손으로 얼른 얼굴을 가렸다. 간식남의 누이를 못 본 척 피해갔다.

하지만 그 여자는 집요하게 쫓아와 세영을 붙잡았다.

"제 동생 가게에 왔었다면서요?"

세영은 감히 눈을 마주치지 못했다.

"그게 아니라, 물건 좀 팔아주려고…."

"제 동생이 다 말했어요."

표정이 심각했다.

"애가 어찌나 힘들어하던지!"

그렇잖아도 간식남에게 험하게 굴었던 점을 후회하던 참이었다.

"전 그냥… 나쁜 뜻은 아니고…."

"제 동생이 너무 고마워하는 거 있죠."

"네?"

"처음이라 힘든데, 자기 일처럼 걱정해주고, 조언도 해주시고, 큰 도움이 된다면서."

그리고 그 여자는 세영의 손을 꼭 쥐었다.

"가끔 들러서 도움을 좀 주세요."

"아… 네."

"제 동생이 덩치만 컸지, 세상 물정을 몰라요."

안도한 세영은 허리를 곧게 폈다.

"솔직히 말해, 너무 모르시더라고."

"그 나이가 되도록 뭐 하나 제대로 한 게 없으니!"

예상치 못한 일이었다. 간식남이 좋게 말할 줄은 몰랐다. 지적을 할 때마다 그는 늘 인상을 찌푸렸기 때문이다.

"저도 예전에 가게를 차리려고 준비를 했던 적이 있거든요. 그래서 아는 게 좀 있기는 해요."

"어쩐지."

"장사는 시간이 걸려요. 너무 걱정하지 마세요."

여전히 반기는 태도는 아니었다.

그래도 처음보다는 인상이 많이 풀어져 있었다.

"손님이 꾸준히 늘고 있습니다."

라고 간식남은 상관에게 보고하듯 말했다. 묻지도 않았건만.

세영은 순찰을 하듯이 가게를 둘러봤다.

"배달은 안 해요?"

"배달이요?"

"손님이 안 오면 찾아가야죠."

"본사에서 배달 얘기는 없던데…."

"필요하면 하는 거지, 뭘."

"괜찮은 생각 같습니다."

"본사는 대체 뭐하는 거예요?"

"거긴 사실 물건만 대주는 데라…."

"집에 간식 쌓아놓고 먹는 사람 많아요. 그런데 간식 사러 나오는 건 귀찮고. 그런 사람은 배달을 원할 거예요."

"배달을 누가 합니까?"

"네?"

"가게에 저 혼자라서."

세영은 한숨이 또 나왔다.

"요즘은 배달기사들이 따로 있잖아요."

"아, 그렇지."

"부인은 뭐 해요?"

"네?"

"부인은 뭐 하고 혼자 다 하시냐고."

"…."

"결혼 안 했어요?"

잠시 뜸을 들이더니 간식남은 속삭여서 대답했다.

"했었습니다.

"이혼한 거네."

간식남은 부정하지 않았다. 어두운 얼굴로 잠자코 서 있었다.

세영은 문득 가슴이 뛰는 것을 느꼈다.

"애는요?"

"딸이 하나 있습니다."

"엄마한테 가 있어요?"

"네."

"보고 싶겠네."

세영은 상기된 얼굴을 감추려고 진열대 사이를 걸어갔다.

"이거는 카페인 없는 거죠?"

"네."

"커피 대체 음료는 임산부들이 많이 찾아요."

사장이 점원에게 지시하는 어투였다.

"임산부 코너에도 몇 개 갖다놓으세요."

어째서 가슴이 두근댔는지 알 수 없었다. 더 놀라운 건, 자신의 가슴이 아직도 뛸 수 있다는 사실을 확인했다는 점이었다.

물론 멋진 남자를 보면 가슴이 뛸 때가 있었다. 하지만 간식남은 조금 달랐다. 아무도 모르는 곳에 혼자 꽁꽁 숨겨두고 싶은 남자였다.

세영은 턱을 괴고 앉아서 베란다에 낀 먹구름과 쏟아지는 빗줄기를 응시했다. 한 손에는 따스한 찻잔을 거머쥔 채.

그를 돕고 싶었다. 그가 자꾸 걱정이 됐다. 하다못해 그의 양말이라도 빨아주고 싶은 것이다.

세영은 마늘 차를 한 모금 마시고 즐거운 미소를 떠올렸다. 그의 몸이 생각났기 때문이었다. 그를 보면 야구 선수가 생각났다. 야구 선수처럼 생긴 몸매였다. 강인하면서도 늘씬하게 쭉 뻗은.

하지만 그 속의 정신은 나약하고 불안했다. 그런데 그 정신이 그 몸보다 더 그녀를 끌어당겼다.

이제 곧 마트에 일하러 가야 했다. 내키지 않았다. 비를 뚫고 갈 것을 생각하면.

아서는 안경점에 들렀다. 노화가 오는지 눈이 침침했기 때문이다.

동창인 거북이가 하는 안경점이었다. 친구는 자리에 없었다.

상담을 맡은 점원은 젊은 아가씨였다. 그녀는 컴퓨터 안경을 권했다.

"모니터를 보기가 힘들다고 하시고, 먼 거리는 괜찮다고 하시니, 1미터 이내의 근거리가 문제거든요."

"아가씨가 알아서 해주세요."

시력 검사가 진행됐다.

"턱을 괴고 이마를 붙이세요."

구멍 속을 들여다보니 붉은 렌즈가 떠 있었다.

"눈 깜빡이지 마시고요."

여점원은 표정이 밝고 생글생글했다. 그리 예쁘지는 않지만, 기분을 좋게 하는 인상이었다. 나이는 20대 중후반쯤?

"정면을 보시고요."

"아…."

역시나 젊음은 좋은 것이라는 생각이 들었다. 가까이 있기만 해도 덩달아 젊어지는 것 같고, 더불어 생기가 도는 것이다.

검사를 마친 뒤에는 안경테를 골라야 했다.

"뭐가 좋을지 모르겠네."

"제가 추천해 드릴까요?"

"그래요. 그게 낫겠어."

여점원이 안경테를 하나 집어서 직접 씌워주었다. 그리고는 안경테를 걸친 아서의 얼굴을 가까이서 이리저리 살펴보는 것이었다.

"음, 이건 좀 그러네요."

다른 테로 바꿔서 보고는 쌩긋 웃었다.

"선생님 얼굴에는 이게 맞는 것 같아요. 직접 보시겠어요?"

거울을 가져와서 앞에 대주었다. 아서도 그 안경테가 맘에 들었다.

결제를 하려는데 그 아가씨가 카드를 받지 않았다.

"그냥 가시면 돼요. 사장님이 돈을 받지 말라고 하셨어요."

"그럴 수 있나. 결제해줘요."

하지만 그녀는 한사코 손을 저었다.

"이러시면 제가 사장님께 혼나요."

아서는 그 자리에서 거북이에게 전화를 걸었다.

"아무리 친구 사이라도 계산은 해야지."

"내가 너한테 어떻게 돈을 받니? 그냥 가라."

거듭 말했지만 거북이는 듣지 않았다.

"알았어. 그럼 대신에 술 한 번 살게."

"안경은 잘 맞춘 거야?"

"안경보다도 점원들이 맘에 든다. 특히 여직원 분이 얼마나 상냥하고 자상한지, 너무 편하게 했어."

며칠 후, 안경을 받으러 안경점을 다시 찾았다.

처음 상담했던 그 여점원이 완성된 안경을 건넸다.

"한번 써보세요."

안경을 끼고 모니터를 보니 선명해서 좋았다.

"가까운 거리는 렌즈의 밑쪽으로 보시고요."

"좀 어지럽네."

"처음에는 어지러울 수 있지만, 적응하면 나아지실 거예요."

그녀는 불편한 점이 있으면 말해달라고 했다. 그리고 아서가 안경을 테스트 해보는 동안에 뭔가를 메모하기 시작했다.

아서는 일어나서 안경을 끼고 주위를 둘러봤다. 그러다가 책상에 앉아있는 그 여점원을 내려다보게 됐다. 의도치 않은 우연이었다.

그녀는 아이보리색 반소매 티를 입고 있었다. 연분홍 혈색이 감도는 팔이 조금씩 움직거렸고, 감미로운 곡선이 그 팔을 감싸며 흘러내린 끝에는, 볼펜을 움켜쥔 손이 꽃잎을 여민 꽃망울처럼 맺혀있었다.

아서는 속으로 흠칫했다. 한 쌍의 통통한 젖무덤이 그녀의 얇은 티셔츠 위에 양각되어, 그 탐스런 윤곽이 고스란히 내려다보였기 때문이다. 그리 큰 사이즈는 아니었으나, 예쁘고 육감적인 형태였다.

아서는 다른 데를 봤다가 안경을 테스트하는 척, 다시 아래를 내려다봤다. 둥글게 파인 목둘레 속으로 그녀의 가슴골이 들여다보였다. 안경 덕분인지 또렷하게 보였다. 가슴의 윗부분만 보였건만, 둥글게 부풀기 시작하는 하얀 속살의 귀여운 볼륨감만으로도 다분히 자극적이었다.

태연히 눈을 거둔 뒤에도 아서는 노란 현기증에서 벗어나지 못했다. 그녀의 가슴골이 일으킨 현기증이었다.

"마음에 듭니다. 1미터 이내는 확실히 잘 보이네."

하얀 살로 이루어진 골짜기였다. 남자들에게 그보다 깊고 아득하며 신비로운 골짜기는 없을 터였다. 아서는 여전히 그 골짜기에 빠져서 추락하는 아찔함에 허우적거리고 있었던 것이다.

때마침 안경점 사장이 들어왔다.

아서는 친구와 응접실에 마주 앉았다.

"사장이 자꾸 자리를 비우면 되나."

"내가 없어도 잘 돌아가."

"애인 만나고 오는 거야?"

친구는 거북이라는 별명답게 두 눈을 천천히 끔벅였다.

"애인이 아니라 친구야."

"결혼할 수도 있잖아."

"적적할 때 만나는 사이야."

"그게 되나?"

"돼."

아서는 녹차를 마시고 찻잔을 내려놓았다.

"하여튼 너는 참 독특해."

"내가 독특한 게 아니라, 너희가 평범한 거야."

그리고 거북이는 물었다.

"안경은 맘에 들어?"

"응. 완벽해. 더 바랄 게 없어."

"다행이다."

"젊은 아가씨가 싹싹하게 잘하네."

"예나 씨가 일을 잘해."

그녀의 이름이 예나라는 사실을 알았다.

"손님들이 예나 씨 칭찬을 많이 해."

굳이 이름을 기억할 필요는 없었다. 다시 볼 일은 없을 테니까.

먹을거리골목이었다. 식당이며 술집이며 상점이 즐비했다. 밤늦은 시간인데도 사람이 많았고, 온갖 불빛으로 휘황찬란했다.

아서는 멈춰 서서 주위를 둘러봤다. 길을 잃었던 것이다.

바로 옆에 크레페를 파는 가판대가 있었다. 두 젊은 여성이 그 앞에 서 있었다. 놀랍게도 그중의 한 명이 아서를 알아보고 인사를 했다.

"저기, 안녕하세요."

누군가 했더니 안경점의 그 여점원이었다.

"아, 예나 씨."

자기도 모르게 그녀의 이름이 튀어나왔던 것이다.

"어머, 제 이름을 아세요?"

"안경점에서 들었어요."

그러자 여점원 예나는 활짝 웃었다.

"그러셨구나. 고맙습니다. 이름까지 기억해주시고."

"여기는 웬일이에요."

"일 끝나고 친구랑 놀러 왔죠."

안경점이 그 번화가에서 가까웠던 것이다. 그래도 우연한 재회가 쉬운 일은 아닌지라, 그 조우가 각별하게 느껴졌다.

그녀는 역시나 센스가 있었다.

"사장님이 오늘 약속이 있다고 하시던데, 저희 사장님 만나러 오신 거예요?"

"맞아요. 그런데 장소를 못 찾겠네."

술집의 이름을 듣더니 예나가 손뼉을 쳤다.

"제가 알아요. 저기로 조금만 가면 왼쪽에 있어요."

"아이고. 내가 지나쳐왔구먼."

그리고 아서는 환히 웃었다.

"예나 씨를 못 만났으면 계속 반대로 갈 뻔했네?"

그는 가판대에서 크레페가 만들어지는 것을 발견했다.

"이거 주문한 거예요?"

"네."

그는 얼른 지갑을 꺼냈다.

"내가 계산할게요."

"어머, 아니에요."

"고마워서 그래요. 안경도 잘 맞춰주고, 오늘은 길까지 가르쳐주고."

"아, 그래도…"

"사장님 대신 주는 보너스라고 생각해요."

안경점 사장인 거북이가 먼저 와 있었다.

테이블에 마주 앉으며 아서가 말했다.

"오다가 예나 씨를 봤어."

"그래?"

"요 앞에서."

"우리 직원들이 이쪽에 잘 놀러 와."

"내 덕분에 점수 딴 줄 알아."

"응?"

"아, 아니야."

아서는 기분이 좋아 보였다.

"아무튼, 밝고 건강한 아가씨야."

"요즘 젊은 사람들이 그렇잖아. 구김살 없고, 거침없고."

"그런 것 같아."

"부친이 택시기사를 하더라고."

"그래?"

그때 L이 도착했다.

그는 기분이 좋지 않았다.

"헤드가 로테이션 하겠네."

아서의 술잔을 집어서 입안에 털어 넣었다.

"뭐야. 남의 술을."

"내 차 좀 사라. 싸게 줄게."

라고 L은 뚱딴지같은 소리를 했다.

얼마 전에 구입한 중고차를 말하는 것 같았다.

"그걸 왜 팔아. 산 지 얼마나 됐다고."

"경차로 바꾸려고. 내 주제에 너무 큰 차를 샀어."

"좋다고 할 때는 언제고."

"밥줄 끊기게 생겼는데 어떡해."

아서는 한숨을 내쉬었다.

"밥줄이 왜 끊겨."

"내 사정 몰라? 네가 나한테 이럴 수 있어?"

아서는 무시하고 응수하지 않았다.

옆에서 거북이가 L에게 인상을 썼다.

"허구한 날 너는 왜 이렇게 불만이 많니."

대뜸 L은 유리로 된 소주잔을 들어서 뚫어지게 들여다봤다.

"참 투명하다. 인간들은 왜 너처럼 투명하지 못한지 모르겠다."

"가지가지 한다."

"차라리 술잔으로 태어났더라면 인간의 입 냄새만 참으면 됐지. 그때마다 알콜로 소독하고. 그런데 나는 뭐로 소독하냐."

친구들과 헤어져 아서는 버스 정류장으로 향했다.

거기서 집까지 가는 버스가 있었다.

어둑한 정류장에는 서너 사람이 버스를 기다리며 서 있었다.

그중에 한 여성이 이상하게 신경 쓰였다. 서로 눈이 마주쳤을 때,
두 사람은 상대를 확인하려고 한 발자국씩 다가섰다.

"어? 또 만났네?"

"어머, 집에 가시는 거예요?"

바로 그 여점원 예나였다.

"아까 뵙고 또 뵙네요."

"그러게요. 하루에 두 번씩이나."

그녀는 양손을 입술에 대고 놀라워했다.

"오늘 선생님이랑 뭐가 통하나 봐요!"

타려는 버스 번호까지 같았다. 비록 그녀가 먼저 내리기는 하지만.

겹치는 우연에 기분이 묘했다. 그냥 헤어지기가 아쉽게 느껴질 정도였다. 물론 그런 내색은 절대로 하지 않았다.

두 사람은 할 말을 찾지 못해 잠시 어색하게 서 있었다.

그러다 예나가 생각난 듯 말했다.

"아, 정말! 아까는 감사했어요. 크레페 잘 먹었습니다."

"아니 뭐, 그 정도 가지고."

"빚을 졌으면 갚아야 하는데."

예의상 하는 말이려니 생각했다.

그런데 놀랍게도 예나는 적극적으로 나오는 것이었다.

"낮이라면 차라도 대접할 텐데, 지금은 너무 늦었죠?"

"지금이요?"

"친구랑 느끼한 빵을 먹었더니 커피가 당기기는 했거든요. 근데 혼자 마시긴 뭐해서 집에 가 마시려고 꾹 참던 중이에요."

아서는 맥박이 빨라지는 것을 느끼며 대답했다.

"난 상관없지만, 예나 씨가 늦지 않을까?"

"저도 괜찮아요. 차 한 잔 마실 시간은 돼요."

"하긴 나도 커피 한잔 했으면 했는데, 자판기가 없더라고."

"오늘 진짜로 뭐가 통한다니까요?"

"그럼 마시지 뭐. 어려울 거 있나?"

그리고 둘은 동시에 주위를 둘러봤다.

"저기 있네요. 아직 불이 켜져 있어요."

"커피 향이 참 좋다."

숨을 깊이 들이켜며 아서는 행복한 미소를 지어 보였다.

"커피는 향기로 마신다고 생각해요. 그게 커피의 50%야."

"저는 향기고 뭐고 그냥 입부터 대는데."

"나는 꼭 향기를 맡고 나서 마셔요. 그럼 커피가 더 맛있거든."

"어머, 저도 해볼래요."

하더니 당장 예나는 커피잔을 집어 드는 거였다.

눈을 감고 향기를 맡은 뒤에 한 모금을 마셨다.

"음, 정말 그런 것 같아요. 커피가 더 커피 같은 느낌?"

그리고 또 서먹해 하다가, 이번에도 예나가 침묵을 깼다.

"안경은 잘 쓰고 계시죠? 불편하진 않으시고요?"

"너무 만족하며 쓰고 있어요. 모니터를 새로 산 기분이에요. 지금까지 모니터가 나쁜 건 줄 알았는데, 내 눈이 나쁜 거였어."

"그런 말씀들 많이 하세요."

"그걸 모르고 모니터만 탓했으니."

"원래는 눈이 좋지 않으셨어요?"

"맞아요. 젊어서는 2.0이었으니까."

"눈이 좋은 분들이 더 빨리 노안이 오더라고요. 제 직업의 경험상."

"그러게. 영원히 눈이 좋을 줄 알았는데."

특별할 것 없는 시시콜콜한 대화였다. 그런데도 한 마디 한 마디가 즐거웠다. 하지만 너무 큰 의미를 부여하고 싶진 않았다. 그저 우연히 만나서 가볍게 차 한 잔 마시는 사이일 뿐이었다.

"예나 씨는 어때요. 안경원 일은 할 만해요?"

"네. 재미있어요."

"다행이네."

"월급이 좀 적어서 흠이지만."

"그래요? 그럼 안 되지."

하면서 아서는 익살스런 표정을 떠올렸다.

"내가 사장한테 한마디 해야겠는걸? 월급 좀 올려주라고."

그러자 예나는 기겁하며 손을 저었다.

"아, 아니에요. 그러지 마세요."

감동적일 만큼, 그 모습이 순수하며 귀여웠다.

"어쨌거나 사장이 못되게 굴면 나한테 신고해요. 혼쭐을 내줄 테니까."

"저희 사장님하고는 어떻게 아시는 거예요?"

"초등학교 동창이에요."

"어머, 그런데 지금까지 만나시는 거예요?"

"오래되긴 했지. 묵은지처럼."

"대단한 것 같아요. 대학교 동창도 졸업하면 연락이 끊기는데."

"초등학교 동창은 좀 달라요. 순수한 나이 때 만나선지."

그 특유의 약간 수줍어하는 얼굴로 아서는 말하고 있었다.

"그런 친구들이 몇 명 돼요. 어려서 같은 동네에서 자란. 내 분신 같은 친구들."

예나는 입가에 미소를 머금고서 듣고 있었다. 흥미를 느끼는 얼굴로 아서에게 시선을 고정한 채.

"힘든 일이 생기면 친구분들끼리 나서서 돕겠네요?"

"당연하죠. 만사 제쳐놓고 친구한테 달려가지."

어느새 카페에는 둘만 남아 얘기하고 있었다.

아서는 벽에 걸린 시계로 눈을 돌렸다. 로마 문자로 숫자가 새겨진 벽시계였다. 그런데 아서는 그 시계에서 눈을 떼지 못했다.

"아름다운 골동품이야."

라고 그는 중얼댔다.

"시간을 알려고 봤는데, 시간은 보지 않고 시계만 보고 있네."

"어릴 때 비슷한 시계를 봤던 거 같아요. 외할아버지댁에서."

한 손으로 턱을 괴고 예나 또한 벽시계를 응시하고 있었다.

"시계는 참 신기해요. 시간을 눈에 보이게 해주니까."

2개의 검은 별이 그녀의 눈망울 속에서 반짝거렸다.

"사형수가 그런 말을 했대요. 시간이 흐르는 게 눈에 보인다고. 그런데 그 1초까지 아름다워 보인다고."

문득 아서가 슬픈 미소로 고개를 수그렸다. 고개를 들기까지 용기를 모을 시간이 필요한 듯싶었다.

"시간이 많이 흘렀네요. 버스가 끊기겠어."

아쉬워하는 마음을 스스로 꾸짖으며 자리에서 일어났다. 그리고 아서는 계산대로 향하는 예나를 향해 말했다.

"계산은 내가 했어요. 아까 주문할 때."

"네에? 또요?"

하면서 예나는 책망하는 눈길을 보냈다.

"이번에는 제가 내야죠."

"그래도 어른이 내야 할 것 같아서."

"저도 어른이에요."

"그러네. 미안해요. 젊은 사람한테 돈 쓰게 하기가 좀 그래서."

예나는 중간쯤의 빈자리에 앉았다.

아서는 2칸을 더 가서 맞은편에 앉았다. 가까이 앉으면 이상할 것 같고, 그렇다고 멀리 떨어져 앉기도 그랬다. 나름대로 순간적인 고민의 결과였던 것이다.

슬쩍 보니 예나는 핸드폰을 들여다보고 있었다.

아서는 고개를 돌려서 차창 밖을 내다보았다. 어두운 밤거리가 지나가고 있었다. 인적은 거의 끊겼고, 불빛도 많이 꺼져있었다.

서너 정거장을 지나서 예나가 일어나는 게 보였다.

그녀는 아서를 돌아보고 살짝 고개를 숙여서 작별 인사를 했다. 그리고 버스를 내렸다. 버스는 바로 출발했고, 걸음을 내딛는 그녀의 옆모습이 아서의 시야를 비껴서 흘러갔다. 이어서 가로등이 줄줄이 지나갔다.

아서는 다른 생각에 집중했다. 하지만 그녀가 또 생각났다. 카페에서 마주 보던 그 맑은 얼굴과 투명한 눈.

이유를 알 수 없었다. 평범한 아가씨였다. 외모도 평범했다. 길에서 흔히 보이는. 그랬다. 길에서 봤더라면 기억도 못 했을 것이다.

약간은 예쁘장한 구석이 있어서 다시 보게 되는 얼굴이 있다. 좋게 봐야 그 정도였다. 그런데 왜 자꾸 생각이 나는지 몰랐다.

어차피 오늘이 마지막일 것이다. 안경점에서 다시 본다 해도 목례만 가볍게 하면 된다. 그녀가 거기에서 언제까지 일한다는 보장도 없다.

은행 창구에 한 노인이 앉아서 돈을 찾고 있었다.

은행원이 한 뭉치의 지폐를 계수기에 넣었다.

차르르 소리를 내면서 기계가 돈을 셌다. 하지만 노인은 기계를 믿지 못하는 눈치였다. 돈을 받자마자 노인은 손가락에 침을 묻혀가며 지폐를 한 장씩 넘겨서 액수를 확인했던 것이다.

그 모습을 본 은행원의 표정이 좋지 못했다.

"어르신. 그거 제가 2번이나 기계로 센 거예요. 사람이 세는 것보다 정확해요."

아마도 그녀는 노인의 행동이 답답했을 것이다. 기다리는 고객이 많은데 시간을 끄는 것도 못마땅했을 것이며.

다행히도 노인은 화를 내지 않았다.

"알아요, 아가씨. 나도 알아. 그런데 옛날에는 저런 기계가 없었어. 그때는 사람이 일일이 손으로 돈을 셌어."

불행히도 노인의 말이 길어지고 있었다.

"나는 옛날 사람이라 그게 습관이야. 그래서 돈을 직접 세어봐야 안심이 돼. 평생 습관이라 고칠 수가 없어."

고객들 모두 창구를 쳐다봤다. 핸드폰을 보던 청년도 고개를 들었다. 다른 은행원들도 무슨 일인가 시선을 보냈다.

"기계가 사람보다 낫다는 걸 나도 알아. 그래도 나는 사람이 편해. 사람이 해야만 한 것 같아. 만일 기계가 아니라 아가씨가 돈을 세서 줬더라면, 난 그냥 받아서 나갔을 거야. 세어보지도 않고 말이야."

"무슨 말씀인지 알겠어요, 어르신."

노인의 말을 빨리 끊어야겠다고 은행원은 판단한 듯싶었다.

"금액은 맞죠?"

"맞아. 정확해."

그리고 노인은 지폐 다발을 바지 주머니에 욱여넣었다.

은행원이 재빨리 길쭉한 봉투를 집어서 내밀었다.

"여기다 넣어서 가져가세요."

노인은 봉투를 받아서 돈을 담았다.

"안주머니 없으세요?"

"안주머니? 있지."

"거기 넣으세요. 빠지지 않게."

"고마워 아가씨. 복 받을 거야."

"어르신도요."

"좋은 남자 만날 거야."

그러자 은행원은 눈웃음을 지었다.

"전 벌써 결혼했어요. 애도 있고요."

"그래? 처녀 같은데? 시집 한 번 더 가도 되겠어?"

"그럼 안 되죠. 잘살고 있는데."

순서를 기다리던 아서는 그들을 보면서 빙그레 미소를 짓고 있었다.

*

축구 중계를 보는데 문자가 왔다.

뜬금없는 내용이었고, 처음 보는 번호였다.

〈지금 뭐 하세요?〉

잘못 보냈으려니 생각하고 무시했다.

그런데 또 왔다.

〈저에요. 예나.〉

아서는 소파에서 튕겨 올랐다.

그녀가 왜…. 번호는 어떻게 알았지?

생각해 보니 안경점에 등록한 전화번호가 있었다.

그는 주방 쪽을 슬쩍 보고 답신을 썼다.

〈집에 있어요. 예나 씨가 맞나?〉

〈시간 되면 나오실래요? 전날의 빚을 갚으려고요.〉

아서는 어찌할 바를 몰랐다. 너무 뜻밖이라 정신이 멍했다.

머뭇대는 사이에 예나의 문자가 또 왔다.

〈바쁘시면 할 수 없고요. 죄송해요.ㅠㅠ〉

아서는 급히 글자판을 눌렀다.

〈특별히 할 일이 없기는 한데….〉

〈그럼 제가 한 끼 대접할게요. 채무 상환.〉

아서는 세수를 다시 했다.

옷을 입는데 아내가 물었다.

"어디 가?"

"친구 만나러."

"친구 누구."

"당신은 모르는 동창."

세영은 화난 투로 팔짱을 꼈다.

"주말에는 애들이랑 시간 좀 보내지."

"일찍 올게."

젊은 여자가 왜 나를 만나지? 나를 놀리려는 것은 아닐까?

그냥 미안한 마음에 보자는 거겠지. 그뿐이다. 복잡하게 생각할 필요 없다. 하지만 정 미안하면 기프티콘을 보내줘도 됐을 일이다. 직접 만날 것까지야….

약속장소가 가까워질수록 두려움이 커졌다. 별별 생각이 다 들었다. 그녀가 나타나지 않아서 혼자 쓸쓸히 돌아가는 상상마저 떠올랐다.

다행히 예나는 약속장소에 웃으며 서있었다.

하얀 셔츠에 청바지를 입고 있었다. 어찌나 상큼한지 깨물어주고 싶을 정도였다. 그토록 젊음은 그 자체로 싱그럽고 눈부신 것이었다.

"드시고 싶은 거 있으세요? 말씀만 하세요."

"이렇게까지 안 해도 되는데."

"제가 두 번이나 얻어먹었잖아요."

아서 또한 청사과색 셔츠의 가벼운 차림새였다.

"아무 데나 갑시다. 간단히 먹을 수 있는 데로."

"그럼 제가 아는 식당으로 가요. 조금 걸어야 해요."

둘은 자연스럽게 붙어서 걷기 시작했다.

"휴대폰을 손에 쥐고 다니세요?"

"주머니에 잘 안 들어가서. 억지로 넣으면 거북하고."

"그럼 폴더블 폰을 사세요."

"반으로 접는 거?"

"네. 주머니에 쏙 들어가요."

"오, 바꿀 때 생각해 봐야겠네."

"저도 생각 중인데, 가격이 사악해요."

"갈치튀김 강추해요."

"갈치튀김? 갈치조림은 먹어봤어도…."

"맛있어요. 드셔보세요."

주문할 때 예나가 물었다.

"차 놓고 오셨죠?"

"왜요."

"한잔하게요."

"전철 타고 왔어요. 시내는 대중교통을 이용해요."

가볍게 병맥주를 시켰다.

식사를 하는 두 사람의 모습은 꼭 부녀지간처럼 보였다.

"그러고 보니 생각나는데, 옛날에 폴더폰이라고 있었어요."

"폴더폰이요?"

"폴더블 폰이랑은 달라요. 아주 옛날 거."

"알아요. 지금도 팔아요."

"그래요? 장난감처럼 생겼는데. 엄청 두껍고."

예나는 고개를 기울이며 미소를 떠올렸다.

"어릴 때 가지고 놀았어요. 아빠가 안 쓰는 거라고 주셔서."

기억을 더듬는 얼굴이었다.

"추억에 잠기네요. 제 기억을 되살려주셨어요. 제가 참 좋아했던 건데. 까맣게 잊고 있었네."

시간을 되감는 태엽처럼, 그녀의 눈동자는 사라진 시간을 되돌려보고 있었다. 생각의 아름다움이 그녀의 안면을 스쳐 흘렀다.

"폰을 펼치면 예쁜 액정이 켜졌어요. 파랗게 반짝거리는 작은 화면에 … 귀여운 캐릭터도 있고, 배경 화면을 이리저리 바꾸며 놀았는데…"

그녀를 보면서 아서는 생각했다. 아직은 인생을 모를 때다. 인생을 모르기에 순수한 거다. 앞으로 얼마나 많은 세상의 채찍질이 저 고운 영혼에 생채기를 낼까. 깨끗한 피부는 피딱지로 뒤덮이고, 병아리의 눈동자엔 독사의 독기가 서리겠지.

"아직 서랍 속 어딘가에 있을 거예요. 오늘 가서 찾아봐야지."

결과를 모른다는 것, 미래를 모른다는 것, 오직 그 무지 덕분에 웃을 수 있고, 행복할 수 있는 것이다.

"가족이랑 사나 봐요."

"남동생이 하나 있는데, 군대 갔고요."

"그럼 지금은 부모님과…"

"아빠랑요."

그리고 재빨리 그녀는 문자를 확인했다.

"아… 어쩌죠? 급한 볼일이 생겼는데."

몹시 미안해하면서 말하는 것이었다.

"정말 죄송해요. 지금 가봐야겠어요."

"그래요. 식사 잘했으면 됐지 뭐."

일찍 헤어지게 된 것이 아서는 못내 아쉬웠다. 식사를 마치기는 했으나, 많은 이야기를 나누지는 못했기 때문이다.

끝으로 그녀는 말했다.

"안경에 문제가 생기면 언제든지 안경점을 찾아주세요."

전철은 덜컹거리는 철교를 건너고 있었다.

일회성이겠지? 당연하다. 빚진 마음에 밥 한 끼 사 주고 끝낸 것이다. 그녀의 마지막 인사를 통해서도 알 수 있다. 안경점에서나 보자고 말하지 않았던가?

그런데도 자꾸만 미련이 남는 것이다. 스스로도 민망하게.

하지만 예나와 함께 있을 때, 피가 다시 도는 느낌이었다. 살아있음을 느꼈고, 몸속의 모든 세포가 새로워지는 기분이었다.

젊음의 풋풋함 때문만은 아니었다. 순수함의 아름다움이었다.

순수함에는 힘이 있었다. 끌어당기고, 미치게 하고, 그 순수함을 파괴하고 싶게 만드는.

찻간의 구석에 기대어 서서 아서는 창밖을 바라보았다.

혹, 애인에게 온 문자였을까? 애인을 만나러 간 것일까? 애인을 사귈 나이다. 애인이 부르니까 만사 제쳐놓고 달려간 거다. 십중팔구.

속으로 자신이 주책이라고 생각했다. 그녀에게 애인이 있든 말든 네가 무슨 상관이란 말이냐? 예나를 잊고 다른 생각을 했다. 아 참, 오늘 밤에 프리미어 리그를 봐야지.

비로소 그의 눈에 포착됐다. 붉은 한강이.

세상에는 온통 진홍빛 안개가 낀 듯했고, 찐득찐득한 노을이 하늘에서 지상으로 대거 녹아내리고 있었다. 자몽 시럽을 물에 탔을 때처럼.

그 낭자한 핏기 속에 한강은 하나의 거대한 혈관으로 보였다.

아서는 멈추고 싶었다. 더는 가고 싶지 않았다. 궁극의 미래는 희망이 아니라 절망인 것이다. 하지만 그 순간에도 강물은 흐르고 있었으며, 전철처럼 시간은 모든 존재를 어디론가 실어 나르고 있었다.

비명을 질러도 시간은 멈추지 않았다. 눈물을 보여줘도 시간은 멈추지 않았다. 시간은 그저 무심히 흐를 뿐이었다.

단념하고 아서는 꺼져가는 석양을 응시했다. 자신을 애써 타이르는 것 같았다. 우리를 끌고 가는 시간을 멈추게 할 수는 없는 거라고.

2-4

한 무리의 여자들이 간식남의 가게에 들이닥쳤다.

세영이 끌고 온 동료들이었다.

"골라 봐. 좋은 거 많아."

여자들은 진열대 사이를 돌아다니기 시작했다.

"생각보다 퀄리티가 있네?"

"그럼. 요즘 소비자들 수준이 얼마나 높은데."

그리고 세영은 과자를 한가득 집어서 Y의 품에 안겼다.

"팍팍 좀 사라."

"우리 애는 입맛이 까다로워. 안 먹으면 어쩌려고."

"현미랑 비트를 구운 과자야. 기름 안 쓰고."

"살찐다고 수시로 다이어트 하는 애야."

"걱정 마. 칼로리 낮아."

간식남은 어리벙벙한 얼굴로 서 있었다.

세영이 다가가 속삭였다.

"마트에서 일하는 직원들이에요."

한 아름씩 사 들고 나가는 여자들에게 세영이 당부했다.

"내 친구의 동생이니까, 나를 봐서라도 자주 들러줘."

단둘이 남았다.

"장사는 이렇게 하는 거예요."

그리고 세영은 매출이 얼마나 되는지, 손님은 얼마나 늘었는지 등
등을 꼬치꼬치 캐물었다. 그러면 간식남은 묘하게도 일일이 충실하게
대답해주는 거였다. 그러다 보니 이제는 그녀조차 헷갈려서, 간식남
의 가게가 아닌 자기의 가게 같았다.

"이번 달 임대료는 내겠네요."

매출이 조금씩 올라서 안심이 되면서도 성에 차지 않았다. 세영이
목표로 하는 수치에는 못 미쳤던 것이다.

"고맙습니다. 도와주셔서."

"가족 같아서 돕는 거예요. 동생 같아서."

걱정이 됐던 것이다. 이상하게 생각할까 봐.

세영은 둘째에게 줄 간식을 샀다. 무설탕 아이스크림을.

간식남이 받지 않으려 해서 돈을 던져놓고 나왔다.

마트 사장이 충청댁에게 또 잔소리를 했다.

"아니, 그걸 아직도 다듬고 있어요?"

충청댁은 묵묵히 일을 계속했다.

충청도 출신이라 그렇게들 불렀다. 과일이나 채소를 다듬어 팩에
담는 일을 했다. 순하고 조용한 여인네였다.

대머리 사장은 답답한지 인상을 쓰면서 투덜댔다.

"아이고, 좀 빠릿빠릿해야지!"

그것을 본 Y가 소곤댔다.

"홀아비 스트레스를 애꿎은 사람한테 푸네."

세영이 대꾸했다.

"영감님 장가 좀 보내 드려."

"내가 어떻게."

"주변에 혼자 사는 여사님 없어?"

"본인이 싫다잖아. 절개를 지킨다잖아."

"열녀 나셨네. 아니, 열부 나셨네."

"내가 지금 뭘 하는지 알아?"

"핸드폰 보고 있잖아."

"통화 기록 지우는 거야. 집에 들어가기 전에."

세영은 한숨과 함께 물었다.

"아직도 그 고릴라를 만나니?"

"그래, 사람들이 알면 나를 나쁜 년이라고 욕하겠지."

그 말에 생각나는 사람이 있었다.

"송자 언니 기억하지."

예전에 마트에서 일했던 여자였다.

"알지. 바람피우다 들켜서 이혼당하고 가정이 풍비박산 났잖아."

"정신 차려, 이것아. 그 꼴 나기 전에."

핸드폰을 내려놓고 차를 출발시키며 Y는 말했다.

"조심하면 돼."

"그게 맘대로 돼?"

"우리는 가정을 지킬 거야. 그러기로 했어."

너무나 당당하고 태연하게 말하는 것이었다.

"가정을 깨면 안 되지. 가정도 필요한데."

"좀 웃어 봐요."

"…"

"고객은 물건만 보고 오는 게 아니에요. 주인 보고 오는 거지. 주인이 최고의 상품이에요."

"웃음이 나오지 않습니다."

"정신 자세가 글러 먹었네."

여전히 간식남은 무뚝뚝한 표정이다.

"절박하지 않아서 그래."

"절박합니다."

"근데 그래요? 먹고살려면…"

"억지로 하는 거 못합니다."

도대체 이 남자의 심리상태를 알 수 없었다.

세영은 카운터의 탁자를 손가락으로 두드렸다. 그러다 단호한 얼굴로 간식남을 노려봤다.

"이 작은 가게로 만족하실 거예요?"

"…"

"네? 이래 가지고 딸한테 양육비나 보낼 수 있겠느냐고."

그의 고개가 힘없이 수그러졌다.

"처녀 때 악착같이 돈을 모았어요. 하지만 얼마 안 됐어요. 남편도 돈이 없는 사람이고. 그래서 결혼식이 초라했어요. 자존심이 상하더라고. 여자들은 그런 거 은근히 따지거든. 무슨 말인지 알겠어요?"

"압니다. 열심히 벌어야죠."

"딸이 커서 시집갈 때, 나처럼 한 맺히는 일 없게 하시라고."

세영은 생각했다. 왜 또 나는 이 가게로 온 것일까. 왜 자꾸만 참견을 하는 걸까. 내 일도 아닌데….

이 남자를 통해 무엇을 얻고자 하는 걸까.

"아 참, 매출은 얼마나 올랐어요?"

대답 대신 간식남은 질문을 던졌다.

"오늘 밤에 시간 되십니까?"

"왜요?"

"감사의 표시로 식사를 대접하고 싶습니다."

"돼지갈비 시켜요. 뭔 소갈비를 시켜. 값이 얼만데."

그래도 간식남은 소갈비를 시키려고 들었다.

세영이 얼른 종업원에게 일렀다.

"돼지갈비 3인분 주세요."

그리고 간식남을 쳐다봤다.

"술도 시켜요?"

"네."

"소주 한 병 주시고."

종업원이 떠나고, 세영은 물수건으로 손을 닦았다.

"돈 좀 아껴요. 벌지도 못하면서."

일부러 구석진 자리를 잡았건만, 세영은 걱정이 되는지 주위를 가만히 살펴봤다. 다행히 아는 얼굴은 없었다.

고기를 굽고 가위로 잘라서 간식남의 접시에 놔주었다. 그렇게 챙겨줬는데도 그 사내는 먹지를 않는 거였다.

"뭐해요? 안 먹고?"

그는 그녀가 놓아준 고기를 내려다보고만 있었다.

"너무 감동해서요."

측은하기 짝이 없는 목소리였다.

"이렇게 따뜻한 배려는 너무 오랜만이라…."

"아휴, 이게 뭐라고!"

하면서도 그녀는 정성스레 고기 한 점을 상추에 싸고 쌈장까지 넣어서 그의 면전에 디밀었다.

"청승 떨지 말고 빨리 먹어요."

그는 정말로 감동한 것 같았다. 어미 새로부터 모이를 받아먹는 새끼 새처럼 입을 벌려서 고기쌈을 받아 물고는, 맛을 음미하듯 천천히 곱씹는 것이었다.

"맛있습니다. 고맙습니다."

"뭐가 고마워요. 내가 사는 것도 아닌데."

하지만 세영은 가슴이 뭉클했다. 내색은 안 했지만 기쁘고 행복했다. 덩치 큰 남자가 어린애처럼 보호 본능을 자극하는 것이다.

"너무 의욕이 없으세요. 그게 사장님 문제야."

"전… 자신이 없습니다."

술잔을 만지작거리며 그는 얘기하고 있었다.

"평생 공만 찼습니다. 그래서 세상 돌아가는 걸 모릅니다."

"뭐야. 축구 선수 출신이에요?"

"프로팀은 못 갔고요. 잠깐 초등학교 코치를 했었습니다."

"어쩐지 몸이 좋더라니. 허벅지가 굵고 튼실한 게 힘이 아주…."

아차 하고 세영은 얼른 말을 돌렸다.

"우리 남편도 축구라면 일가견이 있는데."

간식남이 반색을 했다.

"그렇습니까? 선수 생활은 어디에서…?"

"아휴, 아니에요. 똥배 나온 인간이 무슨."

그 남자가 팔을 뻗어 소주를 따라줬다. 팔뚝의 근육이 두 줄로 멋지게 갈라졌고, 그것을 보는 것만으로도 주책없이 흐뭇해지는 세영이었다.

"그이는 발이 아니라 입으로 공을 차요."

"네?"

"축구 중계만 본다고요. 온갖 아는 체 다하면서."

그가 따라준 소주를 단숨에 들이켰다.

"손흥민이 신이야. 이강인이 교주고."

"술을 잘 하시네요?"

"대학생 때 엄청 마셨어. 밤새워 마시고 새벽에 토하고. 남자 선배들한테 주량으로 밀리지 않았지. 그때는 왜 그렇게 마셔댔는지 몰라."

"전처가 에어로빅 강사였습니다. 둘 다 운동을 좋아하다 보니 통하는 점이 많았죠. 그런데 결혼이랑 운동은 다르더군요."

"딸애가 운동권이겠어요."

"네?"

"아휴, 답답해. 엄마 아빠의 유전자를 물려받았겠다고요!"

가로등이 어슴푸레 그려주는 길을 걸었다.

홀로 천천히 귀가하는 길이었다.

남편 외의 다른 남자를 생각한 적은 간혹 있었다. 하지만 길어봤자 몇 분이었다. 그런데 그는 달랐다. 그의 생각이 온종일 떠올랐다.

마트에서 일할 때도, 집에서 조리할 때도, 심지어 남편과 마주 앉아 차를 마실 때조차, 그의 모습이 아지랑이처럼 피어올라 아른댔다.

가게의 계산대 뒤에 쓸쓸히 서 있는 모습이었다. 우울하고 지쳐 보이는 얼굴. 남성적이지만 동시에 나약한.

그의 생각을 지울 수가 없었다. 가게의 유리창 안에 갇혀있는 남자를, 거기서부터 꺼내주고 싶은 남자를, 어떤 세제로도 지울 수가 없다. 그의 생각을 끊으려면, 자신의 머리를 떼버려야 할지 몰랐다.

밤안개가 자욱했다. 가로등 사이마다 허연 연막이 헝클어져 흘렀다. 축축한 습기가 기도를 타고 들어와 가슴을 서늘하게 적셨다.

문득 세영은 걸음을 멈추고 얼굴을 들었다. 두려움에 떨면서 아스라이 올려다보았다. 안개의 수면 위로 솟아있는 거대한 장벽을.

자신이 갇혀있는 아파트의 유리창을.

식자재 창고에 몇몇 직원이 모였을 때, 세영이 넌지시 말했다.

"사장한테 함께 제안을 해보자고."

하지만 동료들의 반응은 시원찮았다.

"그런다고 되겠어?"

"행여 그 좁쌀영감이 들어주겠다."

계산원으로 일하면서 세영이 느낀 의문점이 있었다. 어째서 꼭 서서 일해야 하느냐는 거였다.

계산원들은 매일 몇 시간씩 서서 일했다. 한 자리에 계속 서 있는 게 쉬운 일은 아니었다.

"내가 알아보니까, 법에도 근무자가 앉아서 일하게끔 의자를 제공하게 돼 있더라고."

다만 그것은 항시적 착석은 아니었다. 가끔만 앉게 해줘도 법에 저촉되지 않는 것이다. 하지만 세영이 원한 것은 항시적 착석이었다.

"그래도 우리 사장님은 의자를 놔줬잖아. 전에 일하던 마트에는 의자가 없어서 몇 시간씩 서 있어야 했어."

Y의 말대로였다. 계산대마다 높은 의자가 있어서 계산원들은 엉성하게나마 궁둥이를 붙일 수는 있었다. 하지만 손님이 오면 일어나야 했다.

손님이 많지 않을 때는 괜찮았다. 그러나 주말처럼 손님이 많은 날은 한시도 앉을 틈이 없는 것이다.

"왜 꼭 일어나서 손님을 맞아야 해? 일어나야만 결제를 할 수 있나?"

"손님이 와도 일어나지 말자고?"

"그래. 꼭 일어날 필요가 뭐야."

"영감이 들어줄까?"

"얘기해봐야지."

"앉아서 하면 편하긴 한데…."

하지만 아무도 선뜻 나서지는 않았다.

심지어 Y는 세영을 극구 말렸다.

"그만둬. 괜히 사장한테 찍히지 말고."

"아휴, 이 겁쟁이들! 좋아. 내가 총대를 멘다."

마트 사장이 또 언성을 높였다.

"칼을 그렇게 쥐면 안 되지! 그러니까 느리지!"

충청댁도 이번에는 참지 않았다.

"냅둬유. 알아서 할 테니께."

"아이고, 답답해 죽겠네."

그리고 사장은 칼을 가로채 직접 시범을 보였다.

"이렇게 쥐고 자르란 말이오."

"칫, 누구는 칼을 하루 이틀 잡아 봤남?"

사장은 허리춤에 손을 얹고 어금니를 꽉 물어 화를 참았다.

"대파 빨리 다듬고, 토마토 곯은 거 골라내요."

세영이 사장에게 커피를 타주며 말했다.

"아줌마한테 잘해주세요. 그러다 그만두면 어쩌려고요. 일손 구하기도 힘든데."

"그러니까 참는 거야. 아까도 참았잖아."

"그게 참는 거예요?"

"고함을 지르려다 말았다."

"채소 다듬고, 상한 거 잘라내고, 오래된 거 골라내고, 재포장하고
…. 막상 해보면 쉬운 일이 아니잖아요. 그 일 하면서 오래 버티는 사
람 못 봤어요."

"알아."

"그런데 아줌마는 여태 일하고 있잖아요. 군말 없이."

사장도 그 점은 솔직히 인정했다.

"충청댁이 오래 일해준 거, 고맙게 생각하고 있어."

"일손 좀 느리면 어때요. 성격 자체가 느긋해서 그런 거를."

"내가 성격이 급해선지 그런 사람을 견디지를 못해."

세영이 타준 커피를 한 모금 마시고 사장은 약속했다.

"알았어. 다음부터는 충청댁한테 화내지 않을게."

분위기가 괜찮았다.

이때다 싶어서 세영은 얼른 본론을 꺼냈다.

"저기, 드릴 말씀이 있는데…."

"뭔데."

"직원 복지를 위한 일종의 제안인데요."

"저는 패자입니다."

그의 표정은 어둡고 쓸쓸하며 침울했다.

"선수로서도 실패했고, 코치로서도 실패했고, 축구 교실도 망했고, 무엇보다… 가정에서도 실패했죠."

"실패가 없는 사람은 없어요."

"가정만은 지키고 싶었는데, 이제는 자식을 만나는 것도 허락을 받아야 하는 신세가 됐습니다."

"다 지나간 일이에요. 생각해서 뭐해요."

세영은 그에게 힘을 주고 싶었다.

"중요한 건 현재에요. 현실을 받아들이고 힘을 내야죠."

"여사님은 이래서 좋습니다. 항상 당당하고 의연하고."

세영은 속으로 생각했다. 나 또한 패자라는 사실을 모른다는 말인가? 속마음은 무수한 상처로 얼룩져있다는 것을. 수시로 마음이 비참한데 어떻게 승자라는 말인가.

"당당한 게 아니라, 당당한 척하는 거예요."

"거침없고 시원시원하십니다."

"내가 싸가지 없다는 말을 많이 듣거든요?"

"그렇지 않습니다."

강한 어조였다.

"귀여우십니다."

세영은 얻어맞은 것처럼 놀랐다.

미소가 나오는 것을 막으려면 무슨 말이든 해야 했다.

"아휴, 나이 든 여자한테…. 사람 놀리지 마요."

"진심입니다."

그때 손님이 들어왔다.

구세주를 만난 것처럼 세영은 벌떡 일어났다.

"아휴, 어서 오세요!"

온 가족이 둘러앉아 불쌍한 치킨을 뜯을 때였다.

첫째가 엉뚱한 소리를 했다.

"난 머리가 나쁜가 봐."

"네가 머리가 왜 나빠. 아빠를 안 닮고 엄마를 닮았는데."

"암만 공부해도 점수가 오르질 않아."

"…"

"포기하고 예체능으로 갈래."

세영이 닭 날개를 튕기도록 팽개쳤다.

"뭐? 예체능? 예체능은 쉬울 줄 알아?"

"…"

"그렇게 나약해서 어떻게 살 거야! 이 험한 세상을!"

필요 이상으로 화를 내는 그녀였다.

"평생을 패자로 살 거냐고!"

"생각해 보셨어요? 제가 제안한 거."

"앉아서 일하는 거?"

"네."

대머리 사장은 허리를 펴면서 떨떠름한 표정을 지었다.

"그래도 손님이 오시면 일어나야지."

"일하는 직원들 생각도 해 주세요."

"나도 그러고 싶은데, 무례하다고 트집 잡는 손님이 있다니까?"

"그런 진상은 뭘 해도 트집 잡아요."

"손님한테 잘해야 장사가 잘되는 법이야."

"바로 그 때문이라고요."

세영은 사장을 설득하기 시작했다.

"한창 바쁠 때는 앉지를 못하니까 다리가 얼마나 아픈지 몰라요. 그러면 미소가 나오겠어요? 상냥한 목소리가 나오겠어요? 내 몸이 편해야 손님한테 잘하죠."

"안되면 억지로라도 웃어야지. 장사가 쉬워?"

"생각해 보세요. 앉아서 일하면 저절로 표정이 밝아져요. 자연스럽게 미소가 나와요. 억지 미소가 아니라. 그러면 손님도 기분 좋고, 그러면 다음에 또 오고, 그러면 매출 오르고, 사장님 돈 벌고."

말로는 세영을 당할 수 없다는 사실을 사장도 아는 듯했다. 한 마디를 남기고 슬쩍 자리를 피해버리는 것이었다.

"하여튼 안 돼. 손님이 왕이야."

"아휴, 사장님!"

가로등의 불빛이 퍼져 내려, 두 사람의 머리와 상체에 하얗게 내려 앉았다. 그래서 꼭 눈을 맞은 것 같았으며, 한여름에서 별안간 한겨울의 풍경 속으로 들어선 기분이었다.

밤늦은 시간이라 인적은 드물었다. 한쪽은 축대가 높이 쌓였고, 반대쪽은 올망졸망한 건물들의 벽면으로 채워진 길이었다.

어제까지만 해도 혼자서 걷던 길을, 오늘은 둘이서 걷는 것이다.

"애인을 만들어 봐요. 남자는 가정이 필요해요."

"누가 저처럼 무능한 이혼남을 만나주겠습니까."

"좋은 여자 소개해 줘요?"

"세영 씨 같은 여자라면요."

세영은 정신을 가다듬고 간신히 소리를 냈다.

"나보다 좋은 여자 쌨어요."

"아뇨. 저는 세영 씨를 원합니다."

세영은 숨이 막혔다. 얼굴을 가리려고 마스크를 썼기 때문만은 아니었다. 하지만 충격은 쉴 새 없이 몰아쳤다. 그가 슬며시 손을 뻗어 그녀의 손을 잡았던 것이다.

세영은 그 손을 뿌리치지 못했다. 그 크고 뻣뻣한 손을.

세영의 작은 손은 간식남의 넓은 손바닥에 완전히 감싸여 있었다. 흡사 그것은 그의 품에 온몸이 안겨있는 느낌이었다.

둘은 손을 잡고 묵묵히 앞만 보며 걸었다. 중년의 남녀가 데이트를 처음 해보는 사춘기 애들처럼 잔뜩 상기돼서는, 서로를 감히 쳐다보지도 못하는 것이었다.

처음 본 순간부터 서로에게 끌리고 있었으며, 단지 그 인력에 저항해왔을 뿐임을 깨달았다. 그런데 그 저항은 단 한 번의 건드림에 와르르 무너져 내린 것이다.

그녀가 이해할 수 없었던 건 그가 아닌 자신이었다. 어째서 그의 손을 받아준 걸까. 어쩌자고 그에게 상기시켜 주지 않은 걸까. 나는 유부녀라고. 아니, 그가 아닌 자신에게 말해줬어야 했다. 너는 유부녀라고.

하지만 꿈이라면 그 꿈을 깨고 싶지 않았다. 착각이라면 그 착각에 영원히 속고 싶었다. 너무 떨려 숨쉬기가 힘들었지만, 숨이 막혀 죽더라도 그 시간이 끝나지 않기를 바랐다.

그리고 그 길이 끝났을 때, 자신의 손을 자르듯 그의 손을 놓았다.

"여기까지만…."

가슴을 부여잡고 세영은 길모퉁이 어둠 속으로 뛰어갔다.

제3부

—

버림

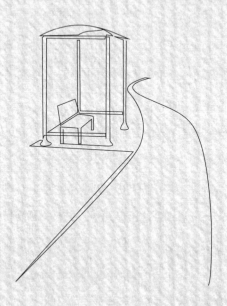

3-1

버스의 차창으로 한여름의 울창한 거리가 흘러가고 있었다. 가로수의 푸른 필터를 통과한 햇살이 청정수로 쏟아져 내렸다. 거리는 그 청아한 광채로 물들었고, 빌딩들은 나른한 눈부심에 젖어있었다.

그 남자의 수줍은 미소처럼, 유리창들은 그늘 속에서 조용히 반짝거렸다. 그 남자의 눈빛처럼, 서울을 도색한 색조는 부드러웠다.

하지만 예나는 자신이 그 남자를 생각하고 있다는 사실을 처음에는 인지하지 못했다. 그러다가 어느 순간에야 자신이 모든 것에서 그 남자를 보고 있음을 깨달았다.

그러자 그녀는 한 가닥 미소를 떠올렸다. 그에 대한 흥미보다, 그에게 흥미를 느끼는 자신에 대한 흥미였다. 그녀는 왜 자신이 그에게 끌리는지를 알고자 했던 것이다.

그렇지만 어떤 것도 알아낼 수 없음을 알아냈을 뿐이었다. 그녀는 고개를 갸웃했으나, 미소를 흐리지는 않았다. 잠시 멈춘 버스를 뒤따라 정지한 풍경 속에 부동자세로 앉아있을 뿐이었다.

허공에 걸린 신호등 밑으로 떠내려가는 시간의 부유물들이 보였다. 지하철 계단을 올라온 사람들은 햇빛에 용해되어 영롱한 빛의 응어리로 화했다. 그리고는 시간에 취해서 황홀한 허무 속을 떠도는 것이었다.

그 소멸하는 아름다움을 배경으로 두르고 예나는 어떤 망설임을 골똘히 입술에 물고 있었다.

이윽고 결심한 듯 핸드폰을 꺼내서 문자를 쳤다.

⟨지금 뭐 하세요?⟩

그의 답신이 늦게 온다면, 버스를 내리지 못하고 집까지 갈 것이다.

다행히 한 정거장이 지나기도 전에 답신이 왔다.

⟨휴일이라 집에서 빈둥거리고 있지요.⟩

예나는 용기를 낼 용기를 냈다.

⟨커피 한 잔 생각나서요. 혹시 시간 되세요?⟩

그가 헐레벌떡 뛰어왔음을, 비록 그는 그 사실을 숨기려는 것 같았
지만, 눈치채고서 그녀는 안도와 기쁨을 함께 느꼈다.

"죄송해요. 쉬시는데 방해를 드린 것 같아서."

"아니에요. 누가 좀 불러줬으면 하던 참이었어."

하면서 그는 역시나 환히 웃었다.

그 미소를 보자마자 예나는 자신이 그 미소를 기다리고 있었음을
깨달았다. 그의 미소는 수업 중인 교실에 비쳐드는 햇살처럼 따사롭
고 평화롭고, 시나브로 달콤한 공상에 잠기게 하는 것이다.

"저번에는 도중에 일어나서 죄송했어요."

"괜찮아요. 그럴 수도 있지 뭘."

"그래서 오늘 사과하는 뜻으로…."

"이런, 많이 기다렸나 보네."

그녀가 먼저 커피를 시켜서 마시고 있었던 것이다.

"아니에요. 그냥 빈 테이블로 기다리기 뭐해서요."

아서는 아메리카노를 주문하면서 예나에게 새로 한 잔 시키라고 권했다. 하지만 예나는 리필을 받을 생각이었다.

"여기는 리필이 돼요?"

"네, 추가금만 조금 내면요. 저는 리필이 되는 데서만 마셔요."

"알뜰하네."

"최대한 아껴서 살아야죠."

커피가 나왔을 때, 아서는 눈꺼풀을 깜빡이며 말했다.

"매번 우리는 커피 때문에 만나는 것 같아."

"그러게요. 커피가 우리를 이어주는 매개체에요."

"한때는 커피에 미쳐서 원두를 직접 갈아서 마시곤 했어요. 로스팅까지는 못하고. 기계도 비싸고, 시간도 없어서."

그의 말하는 모습을 예나가 뚫어지게 보는 가운데였다.

"맛있는 원두를 찾아서 방황을 많이 했지. 돈도 좀 썼고. 그런데 나중에는 다 귀찮아지더라고."

웃으며 어깨를 으쓱했다.

"지금은 그냥 믹스 커피 마시고, 드립 커피 마시고, 자판기 커피 마시고 그래요. 나이가 드니까 편한 게 장땡이야."

예나는 입술을 가리고 웃었다. 그의 모든 말이 재미있게 느껴졌던 것이다. 특히 마음에 드는 것은 그 사람의 눈이었다. 눈이 크고 맑았다. 눈동자에 어떤 악의나 거친 것이 한 티끌도 없는 것이다.

"커피 안 드세요? 다 식었겠어요."

"괜찮아요. 나는 식은 커피를 좋아해서."

예나는 무슨 큰일인 것처럼 눈을 동그랗게 떴다.

"네? 정말로요?"

"일부러 커피를 식혀서 마시기도 해요."

"왜요? 저는 커피가 식으면 데워서 먹는데."

"식은 커피가 맛이 깊어요. 더 진하고."

횡단보도 맞은편에 사람들이 서 있었다. 젊은이들은 떠들었고, 연인들은 팔짱을 끼고 있었다. 그들 뒤로는 각양의 간판들이 걸려있고, 화장품가게가 있는 모퉁이에서는 차들이 쉴 새 없이 돌아 나왔다.

횡단보도를 건너서 예나가 말했다.

"바나나우유 사 먹어요."

"바나나우유를 알아요? 나 어릴 때 먹던 건데?"

"요즘도 팔아요."

편의점에서 바나나우유를 하나씩 사서 나왔다.

빨대를 꽂으며 아서가 천진한 미소를 머금었다.

"어려서 바나나우유에 바나나가 없다는 걸 알고 충격을 받았는데."

"맞아요. 바나나 향만 첨가됐죠."

"난 당연히 바나나를 갈아서 넣은 건 줄 알았거든. 그 충격으로 우유를 끊고 막걸리로 바꿨지."

그리고 아서는 손을 저었다.

"아, 농담이에요. 친구들이랑 몰래 아빠 술을 마시던 생각이 나서."

웃을 때 눈가의 잔주름도 멋있다고 예나는 생각했다. 인생의 연륜으로 느껴졌기 때문이다.

날은 더웠지만, 다행히 빌딩의 그늘이 드리운 쪽이었다. 반면에 도로의 건너편에는 햇볕이 정면으로 내리쬐서 행인이 별로 없었다.

이제는 두 사람 다 알고 있었다. 서로에게 끌리고 있다는 것을. 첫날은 우연히 만났을지 몰라도, 오늘은 서로가 원해서 만난 것이다.

"아 참, 편하게 말 놓으세요. 제가 한참 어린데."

아서는 놀랐다. 반말을 쓰라는 말은 앞으로도 계속 만나자는 암시였기 때문이다. 오늘만 보고 말 거라면 굳이 그럴 필요는 없는 것이다.

"그래도 되나? 나이를 떠나서 반말은 좀…"

"제가 괜찮으면 된 거죠, 뭐."

"어 그래요, 그럼."

"반말 쓰시라니까요?"

"아, 내가 또 존댓말을 썼나? 알았어요."

"어머 또!"

"하하, 알았어. 반말 쓸게."

그런 사소한 일로도 웃게 되는 거였다.

"예나는 참 사려가 깊은 것 같아."

나란히 걸으며 얘기하는 아서였다.

"예나를 보고 깨달은 게, 젊은 세대에 대한 내 생각이 틀렸구나."

"어떻게요?"

"예상과 다르게 알뜰하고 현명하고 신중하고…"

"제 친구들 다 그래요."

"나는 반대로 알았거든."

"그럴 수밖에 없는 게, 그러지 않고는 살 수가 없는걸요. 부잣집 딸이 아닌 이상. 다 자기 형편을 따라가게 되더라고요."

"맞아, 그건 그래. 맞는 말이야."

둘은 함께 사람들 사이를 걸었다. 시야는 상큼하며, 시간은 새콤했다. 혈관에는 피 대신에 꿀물이 흐르는 것 같았다. 가슴에서 핑크빛 행복이 심장을 대신해 뛰고 있었기 때문이다.

"나이에 비해 훨씬 젊어 보이세요."

"내가?"

"저희 사장님이랑 동갑이신데, 사장님보다 10년 아래로."

"하하, 그 친구가 노안인 거야."

"아니에요. 선생님이 젊은 거예요."

꿈꾸는 눈길로 아서는 주위를 둘러보며 걸었다. 눈동자에 지금의 순간을 남김없이 담으려는 듯.

세상 모든 것이 황홀한 꿈속에 있는 듯했다. 달콤한 바나나우유가 입에서 녹고, 플라타너스 잎사귀는 햇살 속에 하늘거릴 때, 꿈과 세계는 하나로 포개지는 것이었다.

소극장의 불이 꺼지고, 한 줄기 조명이 작은 무대를 비췄다.

배우들이 나타나고, 대사가 시작됐다.

예나는 영화를 보자고 했으나, 아서는 연극을 권했던 것이다.

"연극은 난생처음이에요."

라고 그녀가 가까이 몸을 붙여 속삭였다.

연극이 끝나고 나왔을 때, 종달새처럼 지저귀는 예나였다.

"신선했어요. 영화랑은 다른 것 같아요. 바로 앞에서 진짜 사람이 연기를 하니까 느낌이 생생한 거 있죠."

"우리 때는 연극을 종종 봤는데, 요즘은 잘 안 보는 것 같아."

"선생님 덕분에 색다른 경험을 했어요."

"나도 사실은 오랜만에 본 거야. 나야말로 예나 덕에."

예쁜 광장이 바라보이는 벤치를 발견하고 그들은 기뻐했다.

이름 모를 나무가 작은 그늘을 내려주는 곳이었다.

"대학생 때 미팅을 나가면 꼭 연극을 보러 갔어. 그러면 여학생한 테 지적으로 보일 거 같았거든."

"지금처럼요?"

"어, 그런가? 예나한테도 지적으로 보이고 싶었나?"

그의 눈은 깊었다. 깊은 눈을 가지고 있다고 생각했다. 깊은 숲 속의 오솔길이 생각나는 눈이었다. 그런 눈을 가진 남자는 처음 본다고 예나는 생각했다.

"지금은 영상 시대라지만, 나는 여전히 무대가 좋아. 무대가 주는, 무대만이 줄 수 있는 뭔가 독특한 긴장감이 있어. 나는 참 그게 좋아."

얼굴에는 풍부한 정감이 서려 있었다. 그것은 묘한 흡인력으로 상대의 마음을 은연히 끌어당기는 것이었다.

"나는 어둠에 잠겨있고, 무대만 보이는 거야. 그러면 나는 사라지고 배우가 내가 되는 거야. 나 자신의 이야기를 하는 것 같고. 그러면 참 마음이 편해졌어. 뭔가 이해받고 있다는 느낌?"

예나는 자신이 그에게 동화됐음을 깨달았다. 그가 느끼는 감정들을 그의 말을 통해 자신도 똑같이 느끼고 있었기 때문이다.

그의 한 마디마다 자신이 반응하며 행복해하고 있다는 사실을 깨닫자, 그녀는 그를 향한 마지막 망설임을 떨어내 버렸다.

아서는 혼란에 빠져있었다. 불을 끄고 침대에 누운 밤이었다.

예나를 다시 만날 줄은 몰랐다. 더욱이 그녀가 먼저 연락하지 않았던가? 그녀의 의도를 알 수 없었다. 자기한테 무엇을 원하는지 알 수 없었다.

전에 다니던 회사에서도 동료 직원과 몰래 사귄 적이 있었다. 그것은 육체적 관계였다. 서로에게 끌리기는 했으나, 깊은 애정을 느낀 것은 아니었다. 그 여자의 오피스텔에서 가끔 육욕을 풀었을 뿐이었다.

미혼이긴 했지만, 30대 중반의 여자였다. 그래선지 적절한 선을 지킬 줄 알았다. 가볍게 즐기는 사이였기에 유부남인 그로서도 별 부담이 없었다. 아서가 직장을 옮기면서 관계도 자연스럽게 끝났고 말이다.

하지만 예나는 달랐다. 일단은 나이 차가 너무 컸다. 그 자체만으로 부담이 되는 게 사실이었다.

하기야 이번에도 가볍게 만나면 된다.

예나의 젊은 육체가 탐나는 건 사실이었다. 이 나이에 언제 또 젊은 여자를 만나겠는가. 한동안 그 몸을 즐기다 헤어지면 그만이다. 금세 그녀는 젊은 남자한테로 갈 것이다. 그럴 수밖에 없고.

그런데 왜 망설여지는지 알 수 없었다. 고등학생 때부터, 여자의 관심을 받을 때 한 번도 망설인 적은 없었다. 설령 마음에 들지 않는 여자라도 그랬다. 여자에게 상처를 주고 싶지 않았던 것이다.

대학생 때는 나이트클럽에서 여자를 만났다. 즐겨 하진 않았다. 아주 가끔 친구들을 따라갔을 뿐이었다. 그리고 하룻밤짜리였다. 술이 덜 깬 새벽에 푸닥거리처럼 해치우고 끝났기에 그녀들의 얼굴은 기억에 없다.

그리고 결혼 후에는 스콜처럼 스쳐 간 정사가 몇 번 있었을 뿐이었다. 물론 아내는 전혀 모르게 말이다. 그 정도가 아서의 여성 편력이었다. 철칙이라면, 진지한 감정은 반드시 피했다는 점이었다.

그런데 예나에 대해서는 이상하게 심각해졌다. 함부로 손대기가 두려웠다. 나이가 들어서일까? 진실함과 순수함이 갑자기 그리워진 걸까? 사랑을 모를 때의 시절로 돌아가고 싶은 걸까?

옆에서 아내가 몸을 뒤척였다. 아서는 움찔 놀라 생각을 멈췄다. 적어도 아내 옆에서는 다른 여자를 생각하고 싶지 않았다.

그는 가만히 세영의 어깨에 이불을 덮어주었다. 아내를 사랑했고, 아내에 대한 사랑은 여러 종류의 사랑 중 하나였다.

하지만 분명한 점은, 그것이 뜨거운 사랑은 아닐지언정, 중요한 사랑이라는 사실이었다. 지금도 가장 소중한 존재를 꼽으라면 단연코 아내였다.

L에게서 전화가 왔다. 취한 목소리였다.

"요즘 와이프랑 매일 싸운다."

새벽 2시였다.

아서는 졸린 눈을 비비며 듣기만 했다.

"생활비 안 준다고 바가지야."

돈 꿔달라는 얘긴가?

"아서야. 이런 꼴로 살아야 하냐?"

"중고차 한 대 살까?"

라고 아서는 아내의 등에 대고 슬쩍 물었다.

"친구 녀석이 차를 팔려고 내놨나 봐."

아내는 계속 파만 썰었다.

"우리도 차가 2대는 있어야…."

"그럴 여유 없어."

"싸게 준대. 급전이 필요한지."

"그 돈으로 우리 애들한테 투자해."

"돈은 내가 마련해서 조금씩 갚아나갈 테니까."

"친구가 더 중요해? 우리 애들의 미래보다?"

그리고 비로소 세영은 남편을 돌아봤다.

"우리 애들이 불행해지는 거, 견딜 수 있어?"

매서운 눈초리였다. 식칼을 손에 쥔 채.

"우리 애들을 불행하게 만드는 인간이 있다면, 난 죄다 죽여 버릴 거야. 그걸 어떻게 살려둬?"

"…"

"그게 당신이라면 당신도 죽어. 그게 나라면, 나는 나를 죽여."

젊은 여자랑 다니니까 사람들 시선이 신경 쓰였다.

아는 사람을 만나면 어쩌지? 조카라고 둘러대지 뭐. 그러면 돼.

그렇게 생각하니 마음이 좀 놓였다.

반면에 예나는 전혀 개의치 않는 눈치였다.

"오늘은 맛집에 가요."

"무슨 맛집인데?"

"파스타가 맛있어요."

"아, 나는 파스타보다 막국수가 좋은데."

"어머. 그럼 막국수 먹어요."

"아니야. 파스타도 괜찮아. 먹을 수 있어."

가양 대교를 건너서 올림픽 대로를 달렸다.

화창한 날씨였다. 새파란 하늘에는 생크림 덩어리들이 뚝뚝 떨어져 있었다. 한강의 수면에는 은사슬이 널브러져 길게 반짝거렸다. 그리고 예나의 뺨에는 연홍색 데이지 다발이 피어있는 것이다.

"예나는… 남자친구 없어?"

"있어요."

"어떤… 장래를 약속한 사이?"

"조금 애매해요."

예나는 생각이 많아진 얼굴로 말했다.

"호주에 연수를 간다는데, 결혼해서 함께 가자는 거예요."

"그러지 그래."

"내키지가 않아요. 아빠를 두고 가야 하니까."

"아버님이 혼자 계신가? 어머님은…"

분노 섞인 목소리가 나왔다.

"엄마는 생각하고 싶지 않아요."

운전을 하는 내내 아서는 침묵을 지켰다.

그녀에게 애인이 있는 줄은 몰랐다. 아니, 있으리라 예상은 했지만, 막상 알고 나니 마음이 복잡했다.

그런 자신이 우스꽝스럽게 느껴졌다. 그래서 태연한 태도를 자신에게 보여주려고 애썼다. 속으로 예나의 앞길을 축복하는 여유를 부리면서.

결혼까지 생각하는 사이라면, 애인과 잘 되기를 바랐다. 행복한 결혼으로 이어지기를.

예나가 그의 팔을 양손으로 잡았다.

아서는 놀랐다. 첫 신체 접촉이었다.

"느낌이 좋았어요."

"뭐가."

"아저씨요."

예나는 그를 아저씨라고 부르기 시작했다. 선생님 대신.

그녀는 아예 그의 겨드랑이 사이로 손을 넣어 팔짱을 꼈다.

"안경점에서 처음 봤을 때요. 낭만적인 느낌? 어쨌든 그랬어요."

"어, 그게 다야?"

"그거면 되지 않나?"

그녀가 그의 어깨에 머리를 기댔고, 그는 팔짱을 낀 그녀의 손등에 가만히 손을 얹었다. 그리고 함께 잔잔한 환희에 시달렸다.

뒤늦은 감이 있었다. 그들의 영혼은 처음 본 순간부터 내내 서로에게 안겨있었기 때문이다.

"우리 참 신기하지 않아요?"

"뭐가?"

"두 번이나 우연히 길에서 만났잖아요. 아니지. 안경점 첫날도 우연이라 할 수 있지. 약속하고 만난 건 아니었으니까."

그리고 예나는 웃으며 속닥이는 말을 했다.

"한 번 만나면 우연이고, 두 번 만나면 필연이고, 세 번 만나면 운명이래요."

아서는 반응을 보이지 않았다. 하지만 속으로 그 말을 곱씹었다.

나무들의 그림자를 밟으며 두 사람은 걸었다.

예나가 조용히 말을 꺼냈다.

"그 사람과 헤어질 생각도 있어요."

"좋은 사람 같으면 계속 만나지, 왜."

"사람은 좋은데, 끌리지가 않아요."

소나무 향으로 가득한 길이었다.

"물론 결혼할 수도 있고요. 나한테는 과분한 남자니까."

"결혼해. 그런 남자 또 만나기 힘들어."

둘은 걸음을 멈추고 고개를 돌려서 입을 맞췄다. 갑자기 자석이 된 것처럼 입술들끼리 끌어당겼기 때문이었다. 본인들도 모르게 일어난 일이었다. 입술이 맞닿은 다음에야 키스한 사실을 깨달았던 것이다.

사무실 안은 변함없이 분주했다.

그러나 아서는 일이 손에 잡히지 않았다. 구름 위에 뜬 희열과 밑을 내려다보는 현기증이 동시에 일었다.

이 느닷없는 사랑을 어떻게 해야 할지 몰랐다. 예상에 없던 일이었고, 전혀 기대치 않았던 사랑이었다.

"오늘 안에 되겠어?"

"연락해 보겠습니다."

"오늘은 꼭 마무리 지어야 해."

너무 큰 변화는 싫었다. 그것은 창조보다 파괴를 야기했다.

문자가 왔다.

이 지루하고 고달픈 평화를 잃고 싶지 않았다.

〈사랑해요.〉

〈사랑이 뭔데.〉

〈함께 살고 싶은 것.〉

"너 전에 만나던 여자 있지. 젊은 여자."

L은 술을 마시다 말고 눈을 깜빡거렸다.

"누구. 내가 만난 여자가 한둘이냐?"

"성형 비용을 네가 대줬던 아가씨."

그제야 L은 기억이 난 모양이었다.

"아, 그년 때문에 돈 엄청 깨졌지."

"사 달라는 게 많았나?"

"그런 것도 있지만, 내가 알아서 갖다 바쳤지. 점수 따려고. 아니면 젊은 여자가 노땅을 왜 만나겠어?"

L은 술잔을 비우고 말을 이었다.

"그년이랑 몰래 살림 차릴 생각도 했었어. 너도 알다시피 내 마누라가 애를 못 낳잖아. 그래서 혼외자식이라도 만들까 하고."

"그런데 왜 헤어졌어."

"내가 최태원이냐? 아무나 할 수 있는 게 아니더라고. 집 사줘야지, 차 사줘야지, 생활비 대줘야지. 그때는 내가 돈을 좀 만질 때였지만, 두 집 살림에는 턱도 없겠더라고."

그러면서 L은 아서를 빤히 봤다.

"그런 걸 네가 왜 묻냐?"

아서는 시선을 피하며 얼버무렸다.

"그냥 궁금해서."

"돈 생기면 애인을 만들게 돼 있어. 돈 있으면서 애인 없는 놈은 본적이 없다."

그때 탁자에 놓인 L의 핸드폰이 울렸다.

L은 짜증 난 목소리로 응답했다.

"투자하고 싶어도 돈이 없습니다. 나는 무일푼입니다. 땡전 한 푼 없습니다. 빚만 잔뜩 졌습니다."

부동산 투자를 권하는 광고 전화였던 것이다.

스피커폰으로 받았기에 상대의 목소리가 들렸다.

"그러지 마시고, 좋은 땅이 있으니까…."

"돈 없다고 말씀드렸습니다."

상대는 알겠다며 전화를 끊으려다 갑자기 태도를 바꿔서 말을 붙였다.

"근데 사장님. 한마디만 할게요. 다음부터는 차라리 그냥 전화를 끊으세요. 돈 없느니 하면서 찌질하게 구라 치지 마시고. 알겠죠?"

교사가 훈계하는 듯한 어투였다.

"잠깐. 뭐라고? 찌질? 구라?"

L은 혈압이 치솟는 안색이었다.

"구라 아니거든? 나 요즘 힘들어서 숨 쉬는 것도 고통이거든? 대출 이자도 못 갚고 있거든?"

"에이, 사장님. 돈 없는 목소리가 아닌데?"

"헤드가 로테이션하게 만드네. 씨발, 시도 때도 없이 광고 전화해서 사람 빡치게 만들고. 급한 일 멈추고 뛰어가서 받으면 얼마나 허탈하고 맥 빠지는 줄 알아?"

"먹고살려고 그러는 거 아냐. 먹고살려고."

"네가 먹고살겠다고 왜 남한테 스트레스를 주느냐고. 그건 아니지."

아서가 전화를 끊으라고 손짓을 했건만 소용없었다.

"씨발, 업종 바꿔서 여행사 차리려다 그것도 안 돼서 빚만 늘었다. 진짜로 거리에 나앉게 생겼다. 그런데 구라?"

"…"

"너까지 날 비웃어? 네가 뭘 안다고 뜬금없이 전화를 걸어서 사람 속을 뒤집어 놔! 앙? 너 지금 어디야! 당장 달려가서 네놈 목뼈를…"

전화가 뚝 끊겼다.

L은 휴대폰을 탁자 위에 던졌다.

광기 어린 미소로 히죽거리며 아서를 노려보는 것이었다.

"아서야. 짜릿한 사랑이 하고프냐? 다 부질없다. 다 한때다."

껍질을 벗긴 삶은 달걀의 표면처럼 예나의 속살은 하얗고 매끄러웠다. 그 살갗에서는 깨끗한 냄새가 났다. 젖먹이에게서 나는 젖비린내가 살짝 감도는 듯도 했다. 옷깃을 기어든 손으로 그는 그 살결을 더듬고 어루만졌다. 뒤에서 비스듬히 그녀를 끌어안은 자세였다. 간간이 손끝에 커다란 젤리 덩어리가 걸리곤 했다. 그러면 그것은 파르르 떨면서 그의 신경계에 달콤한 파동을 불어넣었던 것이다.

하지만 그녀의 팬츠 속에는 손을 넣지 않았다. 너무 넣고 싶었지만, 엄청난 자제력으로 손을 뺐다. 서두르지 않을 생각이었다. 시간을 두고 그녀에게 잊지 못할 경험을 하나씩 만들어줄 생각이었다.

그럴 수밖에 없었다. 젊음의 힘이 없는 대신, 경험과 노련미가 있었고, 그것을 최대한 활용해야 하는 것이다. 문득, 무의식적으로 그녀의 젊은 애인과 경쟁하고 있는 자신을 발견하고 절망에 빠지는 아서였다.

예나가 몸을 돌려 그의 가슴에 이마를 붙였다. 그 하얀 얼굴은 붉은 미소로 젖어있었고, 그는 그 사랑스러운 정수리에 입을 맞췄다.

핑크색으로 도배된 벽에는 스크린이 걸려있었다. 젊은 커플들이 주로 찾는 곳이라 약간은 쑥스러웠던 게 사실이었다. 무엇보다 푹신한 소파가 그 방이 은밀한 데이트 장소라는 사실을 드러냈다. 어찌나 푹신한지 허리까지 파묻히는 느낌이었다.

예나가 손을 뻗어 탁자 위의 캔을 집었다.

"영화 한 편 보실래요?"

"그럴 시간 없어. 바로 돌아가야 해. 요즘 일이 많아서."

"다음부터는 저랑 월차 휴가 맞춰요."

"그래야겠어."

예나는 다시 그의 품에 안겨서 레모네이드를 마셨다.

"내 앞에 두 남자가 있는 거예요."

라고 그녀가 속삭여서 말했다.

"나를 사랑하는 남자. 내가 사랑하는 남자."

슬픈 미소가 그 입술에 칠해졌다.

"가질 수 있는 남자. 가질 수 없는 남자."

한참 후에야 아서의 입이 열렸다.

"결혼할 수 있는 남자를 만나."

예나가 고개를 갸웃했다.

"그래도 돼요?"

"어쩌겠어. 내가 무슨 염치로 네 앞길을 막겠냐."

그녀는 그의 말을 분석하는 표정이었다. 그의 본심을 읽어내려는 듯.

"치, 만나지 말걸 그랬어."

"헤어질까?"

"이미 늦었잖아요."

"지금이라도 헤어지면 돼."

"그럼 헤어져요."

하지만 아무도 자신의 말을 믿지 않았다. 그렇게 말하면서도 예나
는 그의 품을 파고들었고, 아서는 그런 그녀를 온몸으로 감싸 안았기
때문이었다. 마치 하나로 붙어버려서 영영 떨어질 수 없게 되려는 것

같았다.

"언제든 나를 떠나. 이해할 테니까."

"나를 그냥 모른 체하지. 내 문자도 씹어버리고."

"어떻게 그래. 너무 예쁜데. 너무 좋은데."

달콤한 슬픔이 그들을 휘감았다. 세상에서 가장 슬픈 연인이 된 것 같았고, 그래서 예나는 낭만적인 감상에 사로잡혔다.

"여자는 어떤 남자한테 끌리는지 알아요?"

"글쎄. 내가 여자가 아니라서."

"꿈꾸게 만드는 남자."

"어… 꿈꾸게 만드니까 끌리는 게 아니라, 끌리니까 꿈꾸는 거 아닌가?"

"따지지 마요. 그런 줄 알고 들어요. 산통 깨기는."

"궁금하네. 나도 그랬나?"

"처음 만난 날, 지금 생각해 보면 그랬던 것 같아요. 아저씨가 가고 나서 나도 모르게 아저씨 생각을 했던 것 같아. 아저씨를 다시 만나고, 함께 걷고…. 그런데 나중에 보니까 정말로 아저씨랑 걷고 있는 거야. 손까지 잡고. 언제 그렇게 됐는지 모르게."

버스를 내려서 예나는 어두운 밤길을 걸었다.

중학생 때부터 거의 날마다 걸었던 길이었다. 눈을 감고도 걸을 수 있는 길이었다. 하지만 오늘처럼 쓸쓸하게 걸었던 적은 없었다.

미용실과 세탁소를 지나서 그녀는 낡은 연립 주택 안으로 들어갔다. 공동 우편함을 열어서 우편물을 확인했다.

좁은 거실에 앉아서 아버지는 홀로 술잔을 기울이고 있었다.

"일 안 나갔어?"

"차에 문제가 생겨서 수리를 맡겼다."

"심각한 거야?"

"그렇진 않고. 차가 낡아서 자꾸 탈이 나는 게지."

아버지는 언제나 똑같은 자리에 똑같은 자세로 앉아있었다. 그러나 아버지 자체는 늙고 약해지고 조금씩 구부러졌던 것이다.

그 모습을 차마 보지 않으려는 듯 예나는 곧장 방으로 들어갔다. 고양이를 한 번 토닥여주고 옷을 갈아입었다. 몸을 씻고 나서는 침대에 드러누워 문자를 확인했다.

고양이는 창가의 방석에 엎드려 있었다.

고양이는 항상 그 자리에 앉았다. 가장 좋아하는 자리였다. 낮에는 초록색 차광이 드리우고, 반쯤 드러누워 창밖을 내다보는 고양이의 나른한 눈동자를, 그녀는 사랑했다. 걸을 때도 정지한 것 같은 은근한 움직임, 또는 응축되어 앉은 그 모습을 바라보기만 해도 평안에 잠기게 하는 마력을 고양이는 갖고 있었다.

모든 것이 제자리에 있었다. 그 사실을 확인하고 예나는 평안을 느꼈다. 변하지 않는 것이 안식이었다.

하지만 지금은, 안식을 잃어서라도 사랑을 얻고 싶었다.

그때 애인에게서 전화가 왔다. 주말에 보자는 얘기였다. 아서와 선약이 돼 있었지만, 아무래도 취소하고 애인을 만나야 할 것 같았다.

3-2

간식남이 뒤에서 껴안았을 때, 세영은 화를 내면서도 뿌리치지 않았다.

"뭐야, 왜 이래?"

"당신을 갖고 싶어 미치겠다고."

귓가에서 소곤대는 뜨거운 숨결, 그녀는 정신이 아득해졌다. 등에 밀착된 남자의 단단한 가슴, 뱀처럼 겨드랑이를 파고들어 배를 휘감는 힘찬 팔뚝이 아찔한 당혹감을 일으켰다.

심장이 너무 뛰어 숨조차 쉴 수 없었다. 얼굴에서는 기쁨의 미소가 어지럽게 피어올라 걷잡을 수 없었다. 미소를 들키지 않게 그를 등지고 있어서 다행이라는 생각마저 들었다.

"밖에서 보면 어쩌려고…."

"보라고 해요."

"아휴, 손님이 언제 들어올지 모르는데…."

그제야 그는 몸을 떼며 귀에 대고 속삭였다.

"오늘 밤에 내 집으로 와요."

그는 원룸에서 혼자 살고 있었다.

"얘기 좀 해요. 눈치 안 보고 실컷."

"칫, 말도 안 되는 소리."

"맛있는 거 만들어줄게요. 나 요리 잘해요."

세영은 잠자코 옷매무새를 가다듬었다. 그리고 계산대를 돌아 나왔다. 아무 일 없었다는 듯 진열대를 둘러보며 물었다.

"어제 매출은 어땠어?"

"그게 정말이야?"

"그렇다니까."

"이 영감이 뒤통수를 치네. 평생 혼자 살 것처럼 굴더니만."

마트 사장이 결혼 발표를 했던 것이다.

결혼 상대는 놀랍게도 충청댁이었다.

"둘이 티격태격하면서 뒤로는 짝짜꿍하고 있었단 말이야?"

"우리만 감쪽같이 속은 거지."

그들은 기억을 더듬어서 단서를 하나씩 찾아냈다. 계산원들은 계산만 하는 게 아니다. 마트 안의 일들을 다 지켜본다.

일단 사장은 충청댁에게 너무 자주 화를 냈다. 지나치다 싶을 정도였다. 지금 생각해보니, 관심의 표시였던 셈이다.

그리고 충청댁은 별 동요가 없었다. 가끔 받아치긴 했으나, 심한 정도는 아니었다. 충청댁 역시 사장의 본심을 알고 있었던 것.

게다가 사장은 화를 내고 나서는 휘파람을 불기도 했다. 충청댁에게 음료수를 갖다 주기도 했다. 두 사람은 그 상황을 즐겼을지 모른다.

"어이가 없네."

"나, 남편 무지 사랑해."

라고 Y는 말했다.

"내 아이의 아빠잖아."

물을 틀어서 손을 씻었다.

"인간이 답답해서 탈이지만."

"그럼 고릴라는 뭐야."

Y는 세영을 돌아보며 쌩긋 웃었다.

"한 남자만 사랑하란 법 있니?"

세영은 자기가 왜 꼬치꼬치 캐묻는지 깨달았다. 쓸 만한 대답을 얻고자 했던 것이다. 합리화에 필요한 구실을.

"미안한 마음은 있을 거 아냐. 최소한."

"나도 남편한테 상처를 주고 싶지는 않아. 그래서 조심하는 거야. 눈치가 없는 것도 복이더라. 모르고 살면 되는 거 아냐?"

"알고 있을지 모르지."

"그럼 벌써 나를 죽이려고 들었을걸?"

"네 신랑도 그러고 있는 거면."

"그 숙맥이? 그럼 내가 업어준다."

세영도 손을 씻으려고 세면대 앞에 섰다.

거울 속에서, 소녀가 되어있는 자신을 발견했다.

모자를 푹 눌러쓴 남자가 쫓아오는 것을 세영은 느끼고 있었다.

횡단보도 앞에 섰을 때, 그 남자가 옆으로 다가섰다.

"건너서 오른쪽으로 가요."

길을 건너서 주춤거리는 그녀의 등을, 그가 슬쩍 떠밀었다.

세영은 못 이기는 척, 떠밀린 쪽으로 움직였다.

"왼쪽 골목."

세영은 마스크를 꺼내서 쓰고 골목 안으로 들어갔다.

외등의 불빛이 비껴간 곳에 허름한 건물로 들어가는 입구가 보였다.

"식사만 하고 갈 거야."

뒤에서 남자의 손이 그녀의 팔을 잡았다.

"걱정 마요. 맛있게 해줄 테니까."

그의 몸이 잔뜩 달아올라 있음을 느낄 수 있었고, 자신이 그를 그렇게 만들었다는 사실에 세영은 묘한 희열을 느꼈다.

침대 위에서 그는 그녀를 사정없이 몰아붙였다. 그녀보다 몇 살 아래인 데다가, 운동을 해선지 나이보다 젊은 몸을 갖고 있었다.

그 넘치는 힘으로 그는 그녀의 몸을 제압하고 탐닉했다. 마침내 항복하듯 세영은 가랑이를 벌려서 그의 입술을 자신의 가장 깊은 곳으로 받아들였다. 그리고 고통스러운 환희에 떨었다.

적어도 결혼 후로, 남편 외의 남자가 그곳까지 들어온 건 처음이었다. 그때 세영은 깨달았다. 오로지 그것은 그럴 기회와 여건이 없었을 뿐이라는 사실을.

그는 혀끝으로 할퀴고 또는 혓바닥 전체로 문지르며 그녀의 그곳을 집요하게 공략했다. 부드러우면서도 까칠까칠하고 흐물흐물하면서도 억센 것이 여자의 가장 예민한 부위를 벌레처럼 파고들고 축축하게 기어다니는 걸, 세영은 견디기 어려워했다. 젊었을 때처럼 괴성을 지르며 허리를 제법 뒤틀었던 것이다.

남자의 단단한 것이 자신의 몸속으로 밀고 들어왔고, 그러자 세영은 숨을 죽여서 그 순간에 집중했다. 그러다가 뱃속이 그의 것으로 충만해지자 그녀는 깊은 만족감에 사로잡혔다.

마치 간식남은 오래 굶주린 짐승 같았다. 세영은 자신의 몸 위에서 힘차게 오르내리는 욕망의 펌프를 올려다봤다. 그 근육질의 신체는 가무잡잡한 피질로 도장됐고, 그래서 흡사 무쇠로 만든 기계 덩어리를 연상시켰다.

원하는 사람과 정말로 하나가 됐다는 사실이 놀라웠다. 원하는 것을 가져본 경험이 별로 없던 그녀였다. 자신의 꿈은 현실이 될 수 없다고 믿었던 그녀였다. 그러나 이번에는 달랐다. 금지된 꿈, 될 수 없는 일을 처음으로 이룬 것이다.

매일의 무수한 순간들처럼 그냥 스쳐 보낼 수 있었다. 그러나 그녀는 스쳐지나간 순간을 쫓아가서 기어이 자신의 시간으로 만들었다.

그 성취가 주는 희열은 성적인 쾌감을 능가했다.

집에 도착했으나 세영은 바로 들어가지 않았다.

1층에서 핸드폰을 꺼냈다. 문자 및 통화 기록을 지우기 시작했다.

자기가 이 짓을 하게 될 줄은 상상도 못 했었다.

그때 뒤에서 익숙한 음성이 들렸다.

"여기서 뭐 해. 안 들어가고."

남편이었다.

세영은 묻지도 않은 대답을 내뱉었다.

"친구들 만나고 왔어."

"그냥 엘리베이터 타자. 열려있네."

둘은 엘리베이터 안에 나란히 섰다. 남편이 옆에 있는데도 다른 남
자로 인한 욱신거림이 아랫배에 여전히 감돌았다.

"들어가서 애들 부르지 마."

"왜?"

"시험공부 하게 둬."

"중간고사? 아직 멀었잖아."

"미리 준비를 해야지."

그들은 상대를 의심할 생각을 전혀 하지 못했다. 자기가 의심받지
않을 생각만 하고 있었기 때문이었다. 한쪽만 속였더라면 오히려 쉽
게 발각됐을지 몰랐다.

2층에서 금방 내려 아서가 현관 번호를 조용히 눌렀다.

아이들은 각자의 방에 있었다.

평소 같았으면 들어가서 아이들을 봤을 것이다. 그러나 그 날은 달
랐다. 세영은 아이들을 보지 않고 안방으로 들어가 버렸다.

아이들을 보기가 두려웠다. 아이들의 시선이 두려웠다.

그렇게 세영은 콘크리트 벽으로 자신의 몸을 가렸다.

*

　마트 사장은 충청댁과 조촐한 혼인식을 올렸다. 제주도로 신혼여행도 떠났다. 그동안에도 마트는 문을 열었다. 총무가 사장을 대행했다.

　신혼여행에서 돌아온 사장의 얼굴에는 숨길 수 없는 희색이 돌았다. 사장의 그런 모습을 보니 세영은 덩달아 기분이 좋았다.

　사장의 부인이 됐음에도 충청댁은 계속 마트에 나와서 일했다.

　세영이 사장에게 한마디 했다.

　"아휴, 사모님 좀 쉬게 하시지!"

　사장은 억울하다는 제스처를 취했다.

　"본인이 일하겠다는 거야. 나도 말렸어."

　"알겠어요. 대신에 잘해드리세요. 함께 여행도 다니고."

　"걱정 마. 다음엔 동남아 여행 갈 거니까."

　하더니 사장은 갑자기 침묵에 빠졌다. 한참이나 종이컵 속의 커피를 내려다보다가 힘겹게 입을 열었다.

　"죽은 마누라한테 미안해 죽겠어. 내가 그 사람을 어떻게 잊겠어. 그 사람한테 못한 거, 이 사람한테 다 해주고 싶다."

　그런데 다른 문제가 있었다. Y가 출근을 하지 않은 것이다.

　"전화를 해도 받지 않아요."

　사장도 이유를 알지 못했다.

　"무슨 일이 생겼나?"

Y의 남편은 병실 침대에 누워있었다.

화난 사람처럼 천정을 향해 두 눈을 부릅뜨고 있었다. 하지만 눈동자는 움직이지 않았다. 아주 이따금 눈꺼풀만 천천히 깜빡일 뿐이었다.

머리에는 붕대를 감고 있었다. 나머지 그 남자의 몸뚱어리는 팩에 담긴 고깃덩어리처럼 하얀 시트 속에 축 늘어진 채, 손가락 하나 까딱이지 못했다.

"교통사고야?"

"퍽치기 같대."

세영을 올려다보는 Y의 얼굴은 새파랗게 질려있었다.

"벽돌 같은 거로 뒤통수를 내리쳤나 봐. 머리 한쪽이 함몰됐어. 푹 꺼져있더라고. 얼마나 얼마나 세게 내리쳤으면…."

흡사 그녀는 비에 젖어 떨고 있는 새끼고양이의 몰골이었다.

"그리고 지갑에서 돈을 꺼내갔는데… 기껏해야 10만 원?"

그리고 그녀는 실성한 사람처럼 웃었다.

"고작 10만 원이야. 10만 원. 이해가 돼?"

"…"

"10만 원 때문에… 사람을 이 꼴로 만든 거야. 평생을 누워서 똥오줌 받아내고, 말도 못하고, 가족도 못 알아보고…."

함께 온 마트 사장이 물었다.

"범인은 잡혔어?"

"경찰이 왔다 갔는데, 특별한 단서는 없나 봐요."

"이런 젠장. 퍽치기를 하는 놈들이 아직도 있나?"

Y가 조금씩 손을 내밀어 사장의 소매 끝을 붙들었다.

"나… 나 이제 어떻게 살아야 해요?"

제발 이건 꿈이라고 말해달라고 애원하는 표정이었다.

하지만 그 부탁을 들어주는 이는 없었다.

대신에 세영이 그녀를 꼭 안아주었다.

Y는 힘없이 안긴 채로 중얼댔다.

"이렇게 한순간에 바뀔 수 있는 거야? 하루아침에 모든 게…."

온갖 공포가 그녀의 눈망울 속에서 휘몰아치고 있었다.

"어제까지만 해도 괜찮았는데… 어제까지만 해도…."

남편과 가정은 전혀 장애가 되지 않았다. 조금도, 단 한 치도.

윤리 의식? 부부의 도리? 가정에 대한 책임?

그것들 역시 아무짝에도 쓸모없었다. 이전에는 그것들을 믿었었다. 그러나 실제로는 무력하기 짝이 없는 것들이었다. 가시화된 욕망 앞에서는 너무도 맥없이 뚫려버렸다.

그것들의 실체는 썩은 울타리였다. 충격이 없을 때는 잘 세워져 있었다. 굳건하게 가정을 지켜주는 것 같았다. 하지만 바람이 한번 불자 바로 뽑혀서 흔적도 없이 날려가 버렸다.

그랬다. 그것들은 허상에 불과했다. 욕망 앞에서 허상에 불과했다. 오히려 실체는 욕망이었다.

남편이 아닌 남자가 세영의 몸을 이리저리 뒤집어가며 핥고 깨물고 주물러댔다. 남성적인 힘과 욕구를 그녀의 몸에 닥치는 대로 쏟아부었다. 평소의 위축된 모습이 아니었다. 그녀를 위에서 내려다보는 그의 형체는 강하고 늠름하며 거대했다.

"너는 내 거야. 내 거라고."

세영은 그의 성기를 입으로 사랑해 주었고, 기꺼이 엉덩이를 돌려 댔으며, 뱃속을 흠뻑 적시도록 뜨거운 정액을 남김없이 받아주었다.

끝나고 나서는 그의 품에 안겨서 행복한 미소를 노출했다.

어린애가 장난치듯, 그의 배를 손톱으로 문지르고 더듬었다.

"배에 왕 자가 있는 남자는 처음 봐."

"젊을 때는 더 선명했는데, 요즘은 운동을 많이 못 해서."

세영이 두려워했던 것은 남편이나 애들이 아니었다. 그녀의 걱정은 단 하나였다. 그의 마음이 진심일까? 진심이라 해도 단순한 욕구 해소가 아닐까? 나한테 벌써 싫증이 난 건 아닐까…?

사랑의 만족감은 어느새 불안감으로 바뀌고 있었다.

"나도 갖고 싶은 사람이 있었는데."

씁쓸한 미소로 세영은 읊조리는 것이었다.

"대학생 때 선배였는데, 내가 포기했지. 내가 닿을 수 없는 높이에 있는 남자라고 생각했어. 열등감인지, 자존심인지, 아무튼 겁이 났어."

세영은 마트 사장에게 마지막으로 한 번 더 요청했다. 앉아서 일할 수 있게 해달라고. 하지만 소용없었다.

"안 된다니까. 그 얘긴 그만하라고 했지."

때마침 충청댁이 옆에서 채소를 다듬다가 그 얘기를 들었다.

이제는 사장의 부인이 되신 몸이었다.

"아이고, 뭐가 그리 야박하대요?"

그렇게 그녀는 남편에게 일갈을 가했다.

"직원이 편하면 좋은 거지, 뭔 말이 많아유!"

사장은 급격히 기어드는 목소리가 됐다.

"그게 아니라… 종업원이 어떻게 손님을 앉아서 맞이하나."

"베풀어서 나쁠 거 없시유. 지금 당장 원하는 대로 해줘유!"

그 한 마디로 모든 게 해결됐다.

먼저, 계산원들의 의자가 새로운 의자로 교체됐다. 너무 높지 않아서 편하게 앉을 수 있는 의자였다.

그리고 손님이 와도 일어날 필요가 없게 됐다. 업무를 앉아서 하니 편하고 좋았다. 계산원들 얼굴에 웃음꽃이 피었다.

집에 혼자 있을 때는 간식남과 통화를 즐겼다.

"나랑 같이 운동해요."

그의 음성은 밝아져 있었다. 활기를 되찾은 듯했다.

"등산 다닐래요?"

"아뇨. 그런 거 싫어해요."

"스쿠버는 어때요."

"물이 제일 무서워요."

"테니스는요. 내가 가르쳐줄게요."

"나는요. 공이 날아오면 눈부터 감아요."

간식남은 실망한 눈치였다.

"아… 운동을 싫어하시는군요."

Y는 처음보다 많이 안정돼 있었다.

물수건으로 남편의 얼굴을 닦아주고 있었다.

"나 완전히 코 꿰였어."

그녀의 남편은 여전히 부릅뜬 눈으로 허공만을 응시했다.

"평생을 이러고 살아야 해."

온몸에 주렁주렁 줄이 달려있었다. 배에 구멍을 뚫고 위장까지 튜브를 집어넣어서 그것으로 액상 음식을 투여하고 있었다.

목젖에도 구멍이 뚫려있었다. 가래를 뽑아내기 위한 구멍이라고 했다. 실제로 그 구멍 속에는 가래 덩어리가 고여서 뽀글거리며 물 끓는 소리를 냈다.

침대맡에는 Y의 중학생 딸이 앉아있었다. 자기를 알아보지도 못하는 아빠의 멍한 얼굴을 물끄러미 내려다보며.

그 아이가 고개를 들어서 세영을 마주 봤다. 그 앳된 얼굴에서는 특별한 표정을 찾아볼 수 없었다. 그저 길 잃은 미아의 얼굴이었다. 어디로 가야 할지 몰라서 낯선 곳에 우두커니 서 있는 철부지의 얼굴이었다.

세영은 그 얼굴을 차마 볼 수 없었다. 못 본 척 외면했다.

복도 끝에 있는 휴게실로 가서 두 여자는 얘기를 나눴다.

그 좁은 실내에는 때마침 다른 사람은 없었다.

"내 인생은 끝났어."

"뭐가 끝나. 이렇게 또 사는 거지."

지친 표정으로 Y는 헝클어진 머리를 쓸어 올렸다.

"이건 내가 바라던 게 아니야. 이렇게 살고 싶지는 않았거든?"

"하지만 어떡해. 사는 게 뜻대로 되던?"

"그래도 이건 너무하잖아."

불쑥 세영은 화가 났다. 자기도 모르게 다그치는 목소리가 나왔다.

"인생을 즐기고 싶다며. 그럼 즐겨."

"이런 상황에서 어떻게 즐겨."

"왜 못 즐겨. 무조건 즐기겠다며."

"…"

"남편이 꼬박꼬박 갖다 주는 월급으로 바람피우며 즐겁게 살았잖아. 그런 남자 또 찾아봐."

"지금 나를 놀리는 거니?"

"남편은 간병사한테 맡기고 네가 원하는 대로 살아."

"병든 남편 버리고 도망간 년이라는 꼬리표 달고 살라고? 우리 애는 또 무슨 낯으로 보고."

세영은 벌컥 일어나 자판기로 갔다.

차가운 음료수 2개를 뽑아서 왔다.

"네 애인은 뭐래."

"그 사람이 무슨 말을 하겠어."

"어려울 때 힘이 돼준다며."

"애인이잖아. 애인은 인생을 책임져주지 않잖아."

"그래. 법적인 책임은 없지."

세영은 속으로 생각했다. 이렇게 끝나는 건가. 또 이렇게….

현실에는 해피 엔딩이 없었다. 불행이 행복보다 부지런했다.

"마음 단단히 먹어. 유진이 생각해서라도."

"아무 생각도 하고 싶지 않아."

세영이 병마개를 따주었다. 그러나 Y는 마시지 않았다.

바로 옆의 창문이 햇살의 표백제를 들이붓고 있었다. 덕분에 둘레의 형태들은 깨끗이 지워지고 새하얀 광휘만이 자욱했다.

그 탈색된 눈부심 속에, 두 여인은 아무런 말이 없었다.

3-3

그녀의 젖가슴은 물을 채워서 꽉 동여맨 풍선 같았다. 아담하면서도 터질 듯한 수압으로 팽팽한 것이다. 손으로 감싸 쥐면 손바닥 가득 물고기 한 마리가 파닥거렸다.

그 중심에는 분홍색 살이 뭉친 꽃망울이 맺혀있어 두려움을 일으켰다. 잘못 건드리면 꽃이 피기도 전에 떨어질 것만 같은 것이다. 그래서 조심스레 입안에 넣으면 향긋한 풋내와 함께 혓바닥 안에서 몽글몽글하고 말캉말캉한 촉감이 굴러다녔다.

차 안이라 애무를 맘껏 하기는 힘들었다. 그래도 좌석에 기대어 눈을 감은 예나는 간간이 움찔거리며 짧은 신음 소리를 냈다. 그것은 쾌감보다는 통증에 가까운 표정이어서, 그녀의 흥분에 떠는 미간이 없었더라면 고문을 당하는 줄로 알았을 터였다.

사면의 창유리는 젖어있었다. 보슬비가 내리고 있었기 때문이다. 물감이 녹아내리듯 일그러진 형상과 색채들이 유리면에 반투명하게 얼룩져있었다. 마치 그래서 깊은 물 속에 차가 가라앉은 착각마저 드는 것이다.

"가슴이 진짜 귀엽게 생겼어."

안경점에서 처음 봤을 때, 티셔츠 속으로 그녀의 가슴골을 훔쳐봤던 기억이 났다. 무심결에 본 것이었지만, 그때만 해도 그 가슴을 정말로 대놓고 만지게 될 줄은 꿈에도 몰랐었다.

그 즐거움에 취해서 아서는 애무를 멈출 수가 없었다. 젊은 여체의 그 깨끗함과 사랑스러움은 슬프게도 오직 그 나이에서만 가능한 것이다.

조금은 찜찜했다. 저녁에 아이들과 아내를 그 차에 태워야 했기 때문이다. 지금 예나가 앉아있는 자리에 아내가 앉을 것이다.

다른 여자랑 즐길 때는 이런 생각이 들지 않았었다. 하지만 예나의 경우는 달랐으니, 처음으로 아내를 의식하게 된 것이다. 이로써 자신이 정신적으로도 예나를 사랑하고 있음을 깨달았다.

"그 사람이랑 헤어지기로 했어요."

예나의 젖꼭지를 입에 문 채 아서는 생각에 잠겼다.

그렇게 하면 내가 기뻐하리라 믿은 걸까?

"어… 그 친구가 먼저 말해?"

"아뇨. 제가 먼저요."

"갑자기 왜…"

"결정을 내리지 못하고 있었을 뿐이에요."

아서는 혼란스러웠다. 아무것도 변하지 않기를 바랐기 때문이다.

"난… 내 새로운 목표가 뭔지 알아?"

그 깜찍한 유두에 묻은 침을 손으로 문질러 닦아주고 옷을 내려주며 아서는 말을 이었다.

"나로부터 너를 지켜주는 거야. 난 너한테 해만 되지, 도움이 되지 않아. 그러니까…"

그는 구차해져 있었다. 갈팡질팡하고 있었다.

"생각해 봐. 내가 언제까지 너랑 만날 수 있겠어. 막말로 내가 10년
만 젊었어도… 그래, 그딴 얘기는 할 필요가 없는 거고."

"아저씨 때문이 아니에요."

예나는 새침해져 있었다. 화가 난 것 같기도 했다.

"그 사람, 어쨌거나 내 마음을 지켜주지 못했잖아요."

그 말에서 아서는 기쁨보다 도리어 두려움을 느꼈다.

"올해 나온 신형인가요?"

판매원이 대답했다.

"여기 있는 것은 다 최신형입니다."

휴대폰 매장이었다.

유리장의 휴대폰들이 다각도의 조명을 받아 영롱한 빛을 발했다.

예나는 샘플폰을 이리저리 만져보며 좋아했다.

"예뻐요."

"그럼 이거로 해."

"네?"

"사 줄게."

예나는 화들짝 놀라며 폰을 내려놓았다.

"아니에요. 구경만 한 거예요."

"폴더블 폰을 갖고 싶댔잖아."

"너무 비싸요."

"선물해주고 싶어. 색깔만 정해."

하지만 예나는 아서의 팔을 잡아끌었다.

"그냥 가요."

"내가 사 준다니까."

밖에 나와서 길을 걸으며 예나는 말했다.

"나중에 사면 훨씬 싸게 살 수 있어요."

"그건 중고잖아. 한물간 거."

그러자 그녀는 그의 팔에 기대어 웃었다.

"중고도 이렇게 좋은걸요?"

그 말은 아서를 놀라게 했고, 또한 미소 짓게 만들었다.

"좋기는 뭐가 좋아. 다 식어 빠진 퇴물이."

"아저씨가 말했잖아요. 식은 커피가 더 진하다고."

어느덧 가을이었다. 그토록 뜨겁던 여름도 차갑게 식고, 짙푸르던 가로수도 붉게 물들기 시작했다. 그리고 한두 개씩, 손아귀에 힘이 빠진 잎사귀들이 가지를 놓치며 떨어져 내렸다.

태양의 고도가 낮아지며 그림자가 길어졌고, 햇빛은 낮게 깔리며 깊은 곳까지 비쳐들었다. 그리하여 거리의 풍경은 아날로그 사진처럼 서정적이고 농후하며 심오한 인상이었다.

"공기가 깨끗해요."

"아까 비가 와서 그래."

그랬다. 살짝 내렸던 빗물은 금세 말랐고, 대기는 언제 비가 내렸냐는 듯 청명하기만 했다. 덕분에 광장에서는 황금빛 난반사가 일어났다.

멀리 빌딩과 빌딩 사이에서 죽어가는 석양은 영사기처럼 차들과 행인들과 그림자들 위로 뿌옇고 눈부신 빛 갈래를 투사했다. 모든 공간은 햇빛의 미립자로 가득 찼고, 대기는 찬연한 빛의 안개로 자욱했다. 그 속에서 사람들은 바라보고 느끼고 나부끼다 낙엽을 밟으며 사라졌다.

"모든 게 가을이에요."

그녀와 팔짱을 끼고 걷는 것이 제일 행복했다. 비록 사람이 많은 곳에서는 마스크를 써야 했지만.

그런데 예나의 따뜻한 체온을 느끼면서도 아서는 마음이 서늘하기만 했다. 그는 쓸쓸한 눈빛으로 주위를 둘러보았다. 자기를 닮은 것들을. 시들고 바래고 여윈 가을을.

"겨울이 오고 있어."

그녀는 왜 나랑 팔짱을 끼는 걸까. 돈이 많은 것도 아니고, 특별한 것도 없는데. 어떤 사랑이 그녀를 움직인 걸까.

의심의 지옥이 그를 계속 괴롭혔다. 젊고 매력적인 청년이 지나갈 때마다 위축되는 자신을 보며. 그녀와 있으면 나이를 잊을 줄 알았는데, 오히려 나이를 떠올리게 되는 것이다.

문제는 다른 여자랑 있을 때는 그런 번민에 빠진 적이 없었다는 점이었다. 반면에 예나랑 있을 때는 마음 한구석이 늘 무거웠다.

그 지옥은 그녀가 만든 게 아니라, 그 자신이 만든 거였다. 빛과 그림자처럼, 사랑과 동시에 반대급부로 생겨난 것이었다. 따라서 그녀를 사랑하는 한은 그 지옥에서 벗어날 수 없음을 알고 있었다.

"따끈한 코코아 한 잔 마시고 싶어요."

"어디든 들어가자. 공기가 차."

L의 말처럼, 사랑조차 부질없는 짓일지 몰랐다. 하지만 망가지기 전에 미리 버릴 필요는 없다. 이별 전까지, 그녀의 젊음을 즐기면 된다.

이기적이고 싶었다. 그것이 가장 정직하고 순수한 것이다.

상처는 없을 것이다. 결과를 알고 만나는 거니까. 그녀 또한 짧은 사랑인지 알고 있다. 따라서 과히 슬퍼하지는 않을 것이다.

버스에 홀로 앉아서 예나는 문자를 확인했다. 그리고 나서는 창밖을 응시했다. 감미롭게 흔들리는 거리가 흘러가고 있었다.

피곤했다. 녹초가 돼 있었다. 한 일도 없이.

열매 없는 나무를 심은 것만 같았다.

그때는 어쩔 수 없었다. 버스가 왔고, 그래서 올라탔을 뿐이었다. 번호조차 확인하지 않고서 말이다. 행선지를 몰랐지만, 버스를 놓치고 싶지 않았다.

어디로 가는지는 알 수 없었다. 버스가 멈추기 전까지는. 그리고 버스가 멈춘 곳에 내려야 했다. 그곳이 어떤 곳이든.

어차피 인생은 행선지를 모르는 버스였다. 알고 탄다면, 도리어 선뜻 버스에 오르지 못할 것이다. 희망과 열정은 미래에 대한 무지인 것이다.

그의 나이를 생각하면, 못해도 20년은 함께 할 수 있을 거야. 그 정도면 충분해. 아니, 1년이라도 좋아. 사랑하는 사람과 살 수 있다면.

하지만 문제는 또 그의 나이였다. 그 나이가 그토록 무모할까?

예나는 깨달았다. 시작해서는 안 될 사랑을 시작했음을.

그늘이 지면서 창유리에 자신의 얼굴이 비쳤다. 그 얼굴이 갑자기 무서웠다. 자신의 얼굴을 피해서 예나는 눈을 감았다.

오랜만에 엄마를 생각했다. 자신에게서 엄마를 보았기 때문이었다.

한 여자 손님이 당황해하며 매장 안을 돌아다녔다. 장을 보던 카트를 잃어버린 것이었다. 코너에 잠깐 세워뒀는데, 돌아와 보니 없어졌다는 얘기였다.

"아무리 찾아봐도 없어요."

매장 직원이 함께 찾아봤지만 찾지 못했다.

"저기 놓인 카트가 아닙니까?"

"저건 제 카트가 아니에요."

그것을 본 세영이 다가가서 말했다.

"저 카트의 주인이 끌고 갔을 거예요."

"네?"

"서 있는 카트 말고, 다른 손님이 끌고 다니는 카트를 찾아보세요."

"아, 그럼…."

"다른 손님의 카트랑 바뀐 거예요. 그러니까 못 찾는 거죠."

경험 많은 세영의 말이 맞았다. 다른 손님이 자기 것인 줄 알고 그 여자의 카트를 끌고 갔던 것이다. 그 남자도 자기 게 아니라는 사실을 알고는 기겁을 했다.

"카트에 담긴 물품이 비슷하면 착각할 수 있어요. 가끔 있는 일이에요."

　세영은 바로 퇴근했다. 그리고 간식남의 가게로 출근했다.

"오늘 매출은 어때?"

"매일 똑같은 질문."

"난 승부 근성이 강한 여자야. 목표 지향성이고."

카운터 옆의 탁자에 앉아서 세영은 피식 웃었다.

"내 소원이 2겹 화장지에서 3겹 화장지로 갈아타는 거였어. 우습지 않아? 그런 게 인생의 목표라는 게."

"인생은 원래 웃겨요."

"나 자신을 말한 거야. 너무 웃기잖아. 그렇게 사는 내가."

간식남이 마주 앉자 세영은 타이르듯 말했다.

"재혼을 해. 좋은 여자를 구해봐."

"뭐야. 갑자기 그런 말을."

"사장님은요. 내조해줄 여자가 필요해요."

"혼자 사는 게 편합니다. 혼자서도 잘 살고. 요리하는 거 봤잖아요."

"외로운 거 같았어."

"같이 살면 외롭지 않나?"

"그래서 혼자 살 거야? 계속?"

간식남은 이마를 긁적였다.

"그럴 자신은 없고. 모르겠어요, 내 마음을."

그러더니 고개를 들어서 세영을 마주 보는 것이었다.

"같이 살고 싶은 여자가 있기는 해요."

세영은 문득 가슴이 뛰었다. 이 단순한 남자가 희한하게도 마음을 들뜨게 하는 재간이 있는 것이다.

세영은 짐짓 너스레를 떨었다.

"잘됐네. 잘해봐. 뭐하는 여자야?"

"그런 여자가 있어요."

"누군지 궁금하네. 동생 장가보내는 누이처럼."

"보면 알 거예요."

"나도 아는 여자야?"

"거울 보여드려요?"

"뭐야. 싱겁게. 좀 더 끌었어야지."

재미있었다. 너무 즐거운 것이다. 소꿉장난하듯이.

그가 탁자 위로 손을 뻗어 세영의 손을 잡았다.

"나랑 도망가서 살 생각은 안 해봤어요?"

왜 안 했겠는가. 어디론가 달아나고 싶었다. 심지어 애들로부터도. 그럴 때마다 자신이 지쳐있음을 깨달으며.

"자기도 애가 있고, 나도 애가 있잖아. 나는 둘이나 딸렸지."

손을 놓고 야멸친 주인처럼 말했다.

"일이나 해. 박스 온 거 있더라."

아서가 귀가해서 보니, 세영이 혼자 앉아 맥주를 마시고 있었다.

다리 한 짝을 세우고 앉은 자세로 그녀는 남편을 불렀다.

"이리 와."

"왜."

"잔말 말고 앉아."

아서는 얌전히 식탁에 와 앉았다.

"아서야. 행복하니?"

오랜만에 남편의 이름을 부른 거였다.

"나랑 사는 게 행복하냐고."

"행복한 거 같아."

"대답 잘해라?"

"행복해."

"왜 행복한데."

아서는 넥타이를 풀면서 대답했다.

"난 기대치가 높지 않아. 불행하지 않으면 행복한 거 아닌가?"

"그러니까, 그저 그렇다?"

"그런 뜻은 아니고."

세영이 반쯤 마신 맥주잔을 아서에게로 죽 밀었다.

"마셔."

그리고 또 물었다.

"나를 사랑하기는 해?"

"사랑하지."

"이유는?"

"우리 애들을 낳아준 엄마고… 그리고 또….."

"예뻐서가 아니고?"

"예쁘지. 엄청 예쁘지."

"입에 침이나 발라."

"옷 갈아입고 올게."

그렇지만 아서는 도로 앉아야 했다. 세영이 앉으라는 손짓을 보냈기 때문이었다. 그리고 그녀는 취기가 오른 어조로 말했다.

"난 말이야. 진공 속에서 살았던 거 같아. 열심히 숨을 쉬기는 했어. 근데 암만 숨을 쉬어도 숨이 막히는 거야."

"스트레스가 심한가 보네."

"진공 속에서 죽어라 숨을 쉰 거야. 바보같이."

"여행 좀 다녀와. 처제랑 가든지."

"그래서 그랬던 거야. 그것뿐이야. 그것만은 알아줘."

이번에는 아서가 물었다.

"나도 묻자. 나한테 만족해?"

세영의 대답은 바로 튀어나왔다.

"만족하지. 100% 만족하지. 당신한테 늘 고마운 마음뿐이야."

"진짜로?"

"당신한테는 일말의 불만도 없어. 늘 과분한 남자라고 생각해."

아서가 맥주잔을 들어 올렸다.

"우리의 금혼식을 위하여!"

그때 아서의 핸드폰이 울렸다.

전화를 받은 그의 표정이 어두워졌다.

장례식장에 모인 친구들의 표정은 침통했다.

"이게 무슨 날벼락이냐?"

안경점 사장인 거북이가 유족한테서 들은 얘기를 전했다.

"집에서 TV를 보다가 갑자기 베란다로 달려가더래. 그러더니 10층 밑으로 몸을 던지더라는 거야."

"말도 안 돼."

"제수씨가 얼마나 놀랐을까?"

"지금 인사불성이 돼서 누워 있나 봐."

실제로 부인은 장례식장에 오지 못했다.

"엄청난 충격을 받았겠지. 남편의 자살을 눈앞에서 목격했으니."

"못난 자식. 끝까지 사고를 치고 가는구먼."

아서는 묵묵히 고개를 수그리고 있었다.

잔인하게도, 골칫덩어리로부터 해방됐다는 해방감이 들었다.

물론, 친구를 잃은 슬픔에 비할 수는 없었다.

발인식에는 부인이 참석했다. 몸을 가누지 못해 부축을 받으며.

그녀의 고통은 슬픔보다 배신감에 기인했다. 그녀의 메마른 입술은 맥없는 목소리로 똑같은 말을 되뇌고 있었다.

"어떻게 나한테 이럴 수 있어. 난 아무것도 아니었니?"

그 미망인에게 말해주고 싶었다. 얼마든지 그럴 수 있는 놈이었다고.

고인은 자식이 없었기에 조카가 상주를 맡았다.

그런데 문득 그런 생각이 들었다. L이야말로 정상적인 인간이 아니었을까? 그리고 나야말로 기괴한 인간이 아닐까. 못 본 척하고, 모른 체하고, 심지어 자신의 정상적인 감정마저 묵살하며 살았다. 그런 내가 어떻게 L보다 정상이란 말인가?

"운구할 분들 나오세요."

L의 관을 맸을 때, 아서는 친구의 무게를 느꼈다. 가끔씩 성가셨던 무게를. 하지만 앞으로는 그 무게를 느끼려야 느낄 수가 없을 것이다. 그리고 그 무게를 그리워하게 되겠지.

"여기다 내려놓으시면 됩니다. 천천히."

마침내 아서는 친구의 무게를 영원히 내려놓았다. 자신의 심장 위에.

산등성이에 깔려서 반짝이는 주홍색 띠를, 아서는 가만히 앉아서 바라보았다. L과 앉아 술을 마시곤 했던 가게 앞의 탁자였다.

아무도 없는 맞은편을 향해 아서는 술잔을 들어 올렸다. 친구와 잔을 부딪치듯이. 사방에 아름다움이 있었다.

아침이 그린 것을 저녁이 지우고 있었다.

존재들은 시간이 아무렇게나 그렸다가 지우는 낙서에 불과했다. 하지만 하찮은 낙서라고 하기에는 너무도 아름다웠다.

희한하게 사람들의 얼굴만이 새하얗게 빛났다.

한 여인은 자신의 과거와 다니는 것만 같았다. 한 소녀가 그녀의 팔에 매달려 걷는데, 두 얼굴과 미소가 비슷해서 마치 한 사람의 두 시간을 동시에 보는 듯했다.

결국에는 시간이었다. 모든 것은 시간이었다. 시간에 이끌려 나타나고, 시간 속으로 울부짖으며 사라지는 것이다. 모든 것은 시간에 흡수되어 시간이 되고, 결국에는 시간만이 남는 것이다.

L처럼, 존재는 시간이 되어 사라지는 것이다.

보랏빛 황혼이 번졌다. 외등이 없는 골목은 푸른 잉크에 잠겼다. 놀이터에서 아이들이 사라졌다. 담벼락마다 차들이 빈틈없이 주차됐다.

초승달이 떠올라 검은 하늘에 머리핀으로 꽂혔다.

그렇게 오늘은 저물었다. 따라갈 수 없는 시간 속으로 갔다. 평생토록 되풀이된 변화였다. 날마다 빠짐없이.

그런데도 아름다웠고, 여전히 신비로웠다. 아서는 미소를 띠고서 그 모든 변화를 바라보았다. 그리고 조용히 그곳에 남아있었다.

의자에 쪼그리고 앉아서 울먹이는 아이의 모습을 보는 순간, 세영은 심장이 덜컥 내려앉았다.

"저기 혹시, 잘못 보신 게 아닐까요?"

라고 세영은 떨리는 목소리로 물었다.

"우리 애는 절대로 그럴 애가 아니거든요."

그러자 담임교사는 조용히 커닝페이퍼를 내밀었다.

"현장에서 적발된 거예요."

아무 말 못 하고 고개를 수그린 아이를 통해 사실임을 직감할 수 있었다. 세영은 피가 삽시간에 마르는 것 같았다.

"제발 한 번만 선처해주세요. 잘못 가르친 제 잘못입니다."

집에 돌아온 첫째는 방문을 걸어 잠그고 틀어박혀 나오지 않았다.

거실 소파에는 부부가 목각 인형처럼 앉아있었다.

둘 다 말이 없었다.

거듭되는 불행에 지쳐있었다. 아니, 지쳤다기보다는 질린 거였다.

조심스럽게 아서가 입을 열었다. 아내의 교육에 처음으로 딴죽을 걸며.

"인격부터 가르쳤어야지. 공부만 가르칠 게 아니라."

"뭐?"

"세상은 변했어. 성적보다 성격이고, 성적이 아니라 적성이야."

"그러는 당신은 뭘 했어."

"…"

"애를 나 혼자 키워? 당신은 뭘 가르쳤느냐고."

"애들을 너무 채근대지 말자고. 다 알아서 자란다."

세영은 화를 내지 않았다. 뜻밖에 차분했다.

골똘히 생각하더니 정면의 벽을 보며 읊조렸다.

"매번 현실에게 지기만 했잖아. 하지만… 하지만 한 번은 현실을 이겨보고 싶었어. 백만 번에 딱 한 번만이라도."

동의를 구할 때의 어조로 변해갔다.

"우리가 사는 것도 현실을 이겨보겠다고 사는 거 아냐? 언제까지 현실에 짓눌려 살아야 해?"

싸늘하게 웃었다.

"그게 죄야? 그게 그렇게 잘못된 거야?"

"피곤한가 봐."

"그렇게 보여?"

"요즘 일이 많았잖아."

"나만 그런가, 뭐."

회사 빌딩에 있는 옥상이었다. 잠시 쉬러 올라온 것이었다.

옥상 일부에 쉼터가 조성돼 있었다. 화단을 제법 푸르게 꾸며놨고, 바닥에는 나무 데크가 깔려있었다. 시원한 파고라 밑에는 앉을 수 있는 의자들도 있었다. 특히 흡연 구역이 있어서 흡연자들이 많이 올라왔다.

"담배 있어?"

"자네가 웬일로?"

"한 대만 줘."

김 부장으로부터 담배를 건네받으며 아서는 말했다.

"난 담배를 여자한테 배웠어. 여자 때문에 끊었고."

"저기 가서 피워야 해."

"군 복무 때, 사귀던 여자가 면회를 왔어. 담배를 꺼내서 피우더라고. 남자의 자존심이랄까, 나도 한 대 달라고 했지. 얼마 후 헤어지자는 편지가 왔어. 그 때문에 면회를 왔던 건지. 바로 담배를 끊어버렸지."

아서는 난간에 손을 얹고 서울의 시가지를 내려다보았다. 너무 많은 것들이 밀집돼 있었다. 숨이 막히는 기분이 들어서 그는 빌딩들 위로 눈을 들었다. 그러자 희푸른 색감이 밀려들어 시야를 독점했다.

"참 다행이야. 저렇게 단순한 게 떠 있어서."

복잡한 지상과 달리, 하늘은 그 넓은 표면이 단 하나의 색깔로만 칠해져 있는 것이다.

"생각해 봐. 하늘도 땅처럼 복잡하다면 얼마나 답답하겠어."

"별게 다 걱정이다."

"그렇잖아. 지칠 때마다 고개를 들기만 해도 위로를 받잖아."

"하늘을 볼 새가 어딨어? 땅을 보기도 바쁜데."

하늘은 얼마나 넓은 것인가. 그런데도 그 단순무구로 인해 그리 넓어 보이지는 않는 것이다.

"내가 이번에 깨달았다. 진짜로 원하는 건 가질 수 없다는 걸. 이것저것 열심히 쫓아다녔는데, 내 손은 여전히 빈손이야."

씁쓸한 미소로 혼잣말처럼 말하는 아서였다.

"내가 원하는 건 꿈속에나 있고, 세상은 그 대체품이랄까? 대체품만 가득해. 대다수 사람은 그 대체품조차 가지지 못하지만."

"아이고, 철학자 나셨네."

"내 마누라 말이 맞아. 우린 다 패자야. 승점 1점도 없는."

"금값이 엄청 올랐대. 골드바 좀 사놓을 걸."

아서는 담배를 입에 물며 김 부장을 돌아봤다.

"아, 나도 그 생각 했는데. 작년에 천만 원어치 샀으면, 지금 천만 원을 벌었어."

김 부장이 라이터로 불을 붙여주었다.

"지금은 늦었을까? 더 오를까?"

일찍 퇴근해서 집에 와보니 아내는 마트에 출근하지 않았고, 첫째 또한 등교하지 않았다.

집안은 엉망이었다.

아내는 침대에 아침의 모습 그대로 누워있었다. 하지만 잠을 자지 못했는지 눈이 퀭했고, 안색은 파리했다.

넥타이를 풀고 있는데 뒤에서 아내의 목소리가 들렸다.

"멀리 이사 가자."

"…"

"아무리 생각해도 그 수밖에 없어."

아서는 넥타이를 옷장 안에 걸면서 아무 대답을 주지 않았다. 떨떠름하고 내키지 않는 표정이었다.

세영이 다그치듯 말했다.

"우리 애를 위한 거야."

"뭐 그렇게까지…"

"학교에 소문이 다 났을 텐데, 우리 애가 학교에 다닐 수나 있겠어? 그리고 요즘 애들 무섭잖아."

"그건 극소수야. 대다수 애들은 착해."

"그 한 명이 우리 애를 말려 죽일 수 있어!"

아서는 와이셔츠 차림으로 침대맡에 털썩 주저앉았다.

고민과 갈등에 휩싸인 얼굴이었다. 그 얼굴을 손으로 문지르며 힘들어했다. 마침내 눈물이 쏟아지는 어린애처럼, 양 손바닥으로 얼굴을 덮었다.

"그래 가자. 멀리 가자."

손가락 사이로 지친 음성이 흘러나오고 있었다.

"잘 됐어. 어차피…, 아주 멀리 가자."

예나의 문자가 물었다.

〈사랑이었나요?〉

〈사랑이 될 시간이나 있었나?〉

그의 어조는 냉담했다.

그녀를 향한 태도가 아닌, 자신을 향한 태도였다.

〈쉽게 버리는군요.〉

〈소중하니까 버리는 거야. 너무 소중하니까.〉

〈마지막으로 봐요.〉

〈보지 않는 게 좋겠어.〉

미치도록 보고 싶었다. 그래서 볼 수 없었다.

분점의 개점식 준비로 정신이 없었다.

사은품 발주를 마치고 나가서 점심 식사를 했다. 팀원들과 함께 황태해장국을 먹었다. 회사 빌딩으로 돌아와 엘리베이터를 탔다.

다들 올라가서 커피 한 잔씩 마실 생각이었다. 그렇게 승강기의 문이 닫히기를 기다렸다. 그 짧은 찰나에 아서는 누군가의 시선을 느꼈다.

1층 로비에서 한 숙녀가 바라보며 서 있었다.

조형물 뒤 구석진 자리였다. 카멜색 롱코트의 가슴에 양손을 모으고서. 한참을 서서 기다렸음을 느낄 수 있었다.

하지만 그녀는 다가오지 않았다. 부르지도 않았다.

시선이 마주쳤을 때, 그녀의 얼굴은 산산이 경련을 일으키며 일그러졌다. 마치 슬픔이 그녀의 얼굴을 갈기갈기 찢는 듯했다.

아서는 심장이 멎었고, 피가 멈췄다. 몸이 죽었다.

승강기의 문이 닫혔다.

*

카 오디오를 켜서 가수의 목소리를 들었다.

정미조의 귀로를 닮은 가을을 보았다.

순금으로 도금한 길을 달리는 것만 같았다. 좌우에는 은행나무의 황금 벽이 끊임없이 뻗어있고, 거기서부터 금박이 떨어져 나오듯 샛노란 잎사귀들이 눈앞의 허공에 쏟아져 휘날리며 어지러이 반짝였다.

그는 자신의 메마른 파열을 보았다. 그 쓸쓸한 눈부심을.

곧장 아내는 집을 내놨다. 아서는 하루 휴가를 내서 지방으로 집을 보러 가는 길이었다. 회사에는 지방 발령을 요청할 생각이었다. 그래서 지사가 있는 도시를 중심으로 집을 구해야 했다.

운전을 하면서 아서는 뭔가를 고민했다.

결심한 듯 블루투스로 아내에게 전화를 걸었다.

"아무래도 시간이 걸릴 것 같아. 늦더라도 기다리지 마."

이어서 그는 다른 전화번호를 찾았다. 그리고 망설였으나, 통화버튼을 누른 순간 그의 얼굴에 번민이 사라지며 평안이 깃들었다.

"어머, 팀장님. 오랜만이에요."

"오후에 시간 되세요? 오늘따라 사장님이 보고 싶네."

"시간이야 만들면 되죠. 기다릴게요."

세영은 뒤를 돌아보았다.

불이 켜진 가게 안이 보였다. 계산대 뒤에 우두커니 간식남이 서 있었다. 처음 봤을 때처럼 어둡고 쓸쓸한 표정으로.

그 표정으로 또다시 그녀를 끌어당기며.

하지만 세영은 얼굴을 돌렸고, 이어서 등을 돌렸다. 그렇게 그의 모습을 시야에서 밀어냈다. 그토록 자신을 설레게 했던 모습을.

빠르게 걸음을 내디뎠다. 오로지 그에게서 멀어지기 위해. 고개를 수그리고 겨드랑이를 붙여서 온몸을 우그러뜨린 채.

낙엽을 밟으며 아파트로 돌아왔다.

승강기 옆으로 계단이 나 있었다. 집이 있는 2층으로 올라가는 계단이었다. 수없이 오르내렸던 그 계단을 세영은 또 오르기 시작했다. 비상등의 미광을 덮고서 곤히 잠든 그 계단을.

어둠이 점점 더 짙어졌다. 떨면서, 난간을 붙잡아가며, 그녀는 자신을 그 어둠 속으로 밀어 넣었다. 그 지긋지긋한 어둠 속으로. 도축장으로 짐승을 밀어 넣듯이.

감히 움직이지 못하고 세영은 어둠 속 희미한 현관문을 바라보았다. 그 너머에 그녀의 가정과 아이들이 있었다. 그녀의 모든 운명이 들어있었다. 투명한 출혈과 무음의 비명까지.

그녀는 비틀거리며 그 문으로 걸어갔다. 발에 차이고 이마에 부딪쳤다. 죽은 천국의 메마른 뼈다귀들, 목을 매단 갈망의 주검들이.

어둠 속에서 격하게 떨며 그녀는 가쁜 숨을 몰아쉬었다. 들어가고 싶지 않았다. 죽음처럼 싫었다. 한 번쯤은 끌리는 쪽으로 가고 싶었다.

끝내는 순교자의 눈을 감고, 손에 익은 현관문의 손잡이를 당겼다.

발치에서 가로수의 그림자가 살금 떨렸다. 그녀는 이마 위로 눈을 들었다. 새순이 돋기 시작한 플라타너스의 가지들이 떠 있었다.

하늘은 나무 속에서 스테인드글라스가 돼 있었다. 나뭇가지가 깨뜨린 하늘이 수많은 조각으로 쪼개져서는, 새파란 광채를 쏟아내는 것이다.

누군가가 버스를 타고 떠났다.

원근법의 소실점으로 버스는 사라졌다.

남은 이들은 움직이지 않았다. 그들의 순서가 아니었다.

그녀 또한 순서를 기다렸다. 자신이 모르는 자신의 순서를.

싱그러운 미풍이 꼬마의 걸음으로 사람들 사이를 돌아다녔다. 가느다란 머릿결, 가벼운 옷깃 따위를 건드리며.

언제나 거리는 아름다웠다.

건물들이 책장의 책처럼 꽂혀있었다. 햇살 가루를 하얗게 뒤집어쓴 채. 벽면을 좌우로 열면, 활자와 삽화들이 향긋한 이야기를 풍기면서 펼쳐질 것 같았다.

어여쁜 햇발이 공중에 걸린 채로 반짝거렸다.

그녀의 눈이 감겼다. 견디지 못할 눈부심이었다.

폐병처럼 흉곽을 오그리며 예나는 손바닥을 가슴에 댔다. 고통이 아닌, 고통의 흔적이었다. 그렇지만 흔적이 더 길고 더 깊었다.

기어이 그녀는 눈을 떴다. 힘겨운 미소로 눈 앞에 펼쳐진 모든 것을 바라보았다. 연약하게 태어난 미소들을…. 겨울을 건너온 나비처럼.

다행히 햇살의 결은 보드라했다. 햇살이 따가워질 무렵에는 잎사귀도 넓어져서 시원한 그늘을 내려줄 터였다.